David Zoppetti

ICHIGENSAN
— DER NEUANKÖMMLING —

Übertragung auf Deutsch von
Christiane Oltmanns-Müller

Ichigensan – der Neuankömmling
Originaltitel: "Ichigensan – The Newcomer"
Japanische Text © David Zoppetti, 1997
Englische Übersetzung © Takuma Sminkey, 2011
Übersetzt ins Deutsche (MTPE) von Christiane Oltmanns-Müller, © 2022
Umschlagbild © Cathy Cawood, 2010

Herausgeber: Ōzaru Books (einem Imprint von BJ Translations Ltd)
Street Acre, Shuart Lane, St Nicholas-at-Wade,
BIRCHINGTON, CT7 0NG, UK
www.ozaru.net

Erste deutsche Ausgabe: 10.10.2022
Auch auf Englisch erhältlich: ISBN: 978-0-9559219-4-0

KAPITEL EINS

Ich sah Kyōko zum ersten Mal, kurz nachdem ich mein Studium an der Universität aufgenommen hatte. An jenem frühen Nachmittag Ende Januar fiel heftiger Schneeregen, und ein schrecklicher Kater machte mir zu schaffen.

Am Rande des Campus befand sich ein kompaktes rotes Backsteingebäude; ein kleiner Raum in der Ecke des Erdgeschosses sollte ausländischen Studenten als Aufenthaltsraum dienen. Da er wie eine Halbinsel aus dem Gebäude ragte und sich dort immer Studenten aus verschiedenen Ländern versammelten, nannten ihn alle *Dejima*, in Anlehnung an die künstliche Insel im Hafen von Nagasaki, die im siebzehnten Jahrhundert für ausländische Händler errichtet worden war.

Jede freie Minute nutzten wir für einen Aufenthalt in der *Dejima.* Im Winter erinnerte uns die behagliche Wärme, die von dem kleinen Kerosinofen ausging, an unsere Heimatländer, und es stand immer eine volle Kanne mit gutem Kaffee bereit. Im Sommer ratterte laut und bedrohlich die antike Klimaanlage, für die wir alle etwas beigesteuert hatten, und im Frühling und Herbst wehte eine erfrischende Brise die Geräusche des Campuslebens durch die offenen Fenster herein. Es war ein gemütlicher kleiner Raum, und mit jeder Jahreszeit änderte sich die Stimmung, die darin vorherrschte.

An diesem Tag hatte es seit dem Morgen ununterbrochen heftig geschneit und geregnet. Man fragte sich allmählich, wie es möglich sein konnte, dass eine Wolke so viel von diesem Schneeregenzeug fasste.

Als ich die *Dejima* betrat, sahen sich mehrere chinesische Studenten gerade eine Nachmittagsunterhaltungsshow auf dem alten, von ehemaligen ausländischen Studenten gespendeten Fernseher an. Ich streifte meine nasse Lederjacke ab und ging direkt zum Sofa am anderen Ende des Raumes. Dort streckte ich mich auf dem Rücken aus und schloss die Augen. Der Schneeregen auf meinem Gesicht verwandelte sich in kühle Tröpfchen, die sich angenehm durch mein Haar bahnten. Das spürte ich noch, bevor ich in einen tiefen Schlaf versank.

Am Abend zuvor hatte ich auf dem Heimweg von meinem Teilzeitjob etwas Zeit damit verbracht, in den Antiquariaten von Umeda in Ōsaka zu stöbern, und hatte eine Erstausgabe von Tanizaki Jun'ichirōs *Kagi* (Der Schlüssel) gekauft – wobei ich dem Preis keinerlei Beachtung schenkte. Ich muss zugeben, dass ich schon immer eine Schwäche für alte Bücher habe. Mit der Absicht, bis spät in die Nacht zu lesen kehrte ich dann in mein Zimmer zurück. Ich setzte mich an den *kotatsu*, einen niedrigen Tisch mit einer Heizvorrichtung darunter, nahm mir eine

Bettdecke für die Beine, zündete meine Pfeife an und stellte eine Flasche Whisky in Reichweite.

Der Geruch des Tabaks hatte sich im Raum breit gemacht. Ich spürte das Brennen des Alkohols, der wie flüssiges Blei in meinen Magen glitt und einen schwachen süßen Nachgeschmack auf meiner Zunge hinterließ. Die Seiten fühlten sich unter meinen Fingerspitzen rau an und vermittelten so ein Gefühl von Wirklichkeit und Echtheit. Die Stimmung im Raum löste Empfindungen in mir aus, die dazu führten, dass ich mich vollständig entspannte und ganz in die Welt des älteren Paares, das Tanizaki schildert und in ihr Liebesleben eintauchte. Es faszinierte mich, dass Liebe und Begehren kein Alter kennen, und so las ich immer weiter, bis spät in die Nacht. Doch irgendwann überkamen mich wohl doch Benommenheit und Schläfrigkeit, denn als ich aufwachte, war bereits ein anderer Tag angegangen.

Wie lange hatte ich auf dem Sofa geschlafen? Als ich wieder zu mir kam, drang die ferne Stimme einer Frau in mein trübes Bewusstsein ein.

„Es wäre also eine große Hilfe, wenn ein ausländischer Student ihr vorlesen könnte. Wir leben allein, können also nicht viel bezahlen, aber ich bin sicher, dass beide etwas lernen könnten und vielleicht entwickelt sich daraus ja auch eine Freundschaft."

Sie sprach in einem gleichmäßigen, aber für eine Frau recht tiefen Tonfall. Ich öffnete die Augen halb und drehte mich leicht in Richtung der Sprecherin. Mein Kopf pochte. Eine junge Frau saß neben ihr. Da sie beide Frau Nakayama, einer Mitarbeiterin des Büros, gegenüberstanden, konnte ich ihre Gesichter nicht sehen, aber ich war mir sicher, dass es Mutter und Tochter waren. Das war eine dieser Eingebungen, die sich weder mit Logik noch mit Vernunft erklären lassen, an deren Richtigkeit man aber dennoch nicht im Geringsten zweifelt.

Ich versuchte, daran zu denken, dass ich mich in der *Dejima* befand, was wegen der bleiernen Schläfrigkeit, die mich immer wieder überkam, nicht einfach war. Die Mutter war etwa vierzig Jahre alt. Ihr schwarzes Haar, das sie zu einem lockeren Knoten zurückgebunden hatte, wies ein paar graue Strähnen auf, die aber nicht auf ein beginnendes Altern hindeuteten, sondern den Eindruck erweckten, als hätten sie sich schon vor langer Zeit auf natürliche Weise dort eingenistet. Als mein Blick nach unten wanderte, erinnerte mich etwas an der Form ihres Halses an die altmodischen japanischen Frauen aus der Welt von Tanizaki, dem sinnlichen Universum, in das ich bis gestern Abend eingetaucht war. Vielleicht wurde dieser Eindruck durch die Tatsache verstärkt, dass sie einen Kimono trug.

Die junge Tochter trug einen Pferdeschwanz, der mit einem lilafarbenen Haarband zusammengehalten wurde. Regungslos starrte sie auf den Boden. Sie trug Jeans und einen grauen Pullover, der sich sicher weich anfühlte.

Irgendetwas an der Situation hatte mich neugierig gemacht, und so versuchte ich dem Gesprächsfluss zu folgen. Es gab aber keinen. Sie waren fertig mit ihrem Gespräch. Die beiden Frauen standen fast gleichzeitig auf und verbeugten sich leicht vor Frau Nakayama. „Wenn Sie also jemanden finden, sagen Sie uns bitte Bescheid. Wir freuen uns auf Ihren Anruf." Nachdem die Mutter dies mit klarer Stimme gesagt hatte, gingen die beiden zur Tür.

Dann geschah etwas Merkwürdiges. Etwas so Triviales, dass ich es beinahe gar nicht beachtet hätte. Es fiel mir aber doch auf, denn die Botschaft war zweifellos direkt an mich gerichtet. Auf dem kurzen Weg von Frau Nakayamas Schreibtisch zur Tür, stieß die Tochter, die sich sanft an den Arm der Mutter schmiegte, ungeschickt gegen den Ofen, das Bücherregal und ein paar Stühle.

Mein Kater plagte mich entsetzlich, als ich mich aufsetzte und meinen Blick im Raum herumschweifen ließ. Ganz offensichtlich hatten die anderen Studenten die beiden Frauen überhaupt nicht wahrgenommen. Die chinesischen Studenten, die immer noch in ihr Fernsehprogramm vertieft waren, schienen sich prächtig zu amüsieren. Manchmal machten sie Kommentare auf Chinesisch zu den Witzen, was dann schallendes Gelächter zur Folge hatte. Der japanische Student war weiterhin mit der Lektüre der *Japan Times* beschäftigt und mampfte dabei genüsslich ein Schinkensandwich. Sein Blick war auf den Artikel gerichtet, und die gerunzelten Augenbrauen verrieten, dass er vollständig konzentriert war. Selbst Frau Nakayama, die sich mit der ihr eigenen Fröhlichkeit und Lebhaftigkeit um die beiden Frauen gekümmert hatte, sortierte die Papiere, als ob nichts geschehen wäre.

Als ich aufstand, schwirrte mir der Kopf, und der Raum neigte sich, als stünde ich auf dem Deck der sinkenden Titanic. Nachdem ich die Augen geschlossen und wieder geöffnet hatte, stellte ich erleichtert fest, dass die *Dejima* wieder in ihre ursprüngliche horizontale Lage zurückgekehrt war.

Ich sah aus dem Fenster und erhaschte einen Blick auf die beiden, die gerade hinter dem benachbarten Backsteinhaus verschwanden. Die Tochter, dicht an ihre Mutter gepresst, die einen japanischen Regenschirm hochhielt, schien beim Laufen zu zögern. Als sie verschwunden waren, beobachtete ich den Schneeregen, der leise auf den Campus fiel.

Mit einer Tasse heißen Kaffee in der Hand stolperte ich zum Schreibtisch von Frau Nakayama hinüber und setzte mich auf einen der Stühle, die von den Frauen frei gemacht worden waren. Ich spürte einen Hauch des Dampfes, der von meiner Tasse aufstieg. Es geht nichts über den wohligen Duft einer guten Tasse Kaffee, der einem die Zuversicht gibt, jedes Problem der Welt anzugehen.

„Wer waren diese Frauen?", lallte ich, nachdem ich einen Schluck getrunken hatte.

Frau Nakayama hob ihren Blick von den Papieren, bei denen es sich wohl um Bewerbungen für die Aufnahmeprüfung handelte, und sah mich an.

„Oh nein! Du siehst ja furchtbar aus; wieder eine harte Nacht?"

Bevor ich etwas erwidern konnte, fuhr sie fort, ohne eine Atempause einzulegen.

„Diese Damen? Ich habe da neulich einen Anruf erhalten.

Es ist nämlich so, dass die Tochter blind ist. Ich kenne nicht alle Einzelheiten, aber sie ist, glaube ich, auf eine Blindenschule in Tōkyō gegangen und hat letztes Jahr ihren Abschluss an einer normalen Hochschule gemacht. Sie ist gerade mit ihrer Mutter nach Kyōto gezogen, und da sie nicht vorhat zu arbeiten, sucht sie jemanden, der ihr ab und zu vorliest."

„Ich soll laut lesen und sie hört zu?"

„Ja, ich habe auch noch nie davon gehört, aber ich schätze, es bedeutet tatsächlich, dass man ihr laut Bücher vorliest."

Während sie sprach, begann sie, Unterlagen in Umschläge zu stecken.

„Jedenfalls fand ihre Mutter heraus, dass ausländische Studenten hier am kulturellen Austausch und an freiwilligen Aktionen beteiligt sind, und sprach mit ihrer Tochter darüber. Sie beschlossen, dass ein ausländischer Student in Ordnung wäre, auch wenn er ein paar Fehler macht oder einen Akzent hat. Sie sagte, ihre Tochter habe noch nicht viel Kontakt zu Ausländern gehabt. Und vorhin waren sie hier, um sich vorzustellen."

Während ich an meinem Kaffee nippte, hörte ich genau zu, was Frau Nakayama sagte.

Sie war also blind. Kein Wunder, dass ihr Gang so seltsam wirkte. Durch den Dampf, der von meiner Tasse aufstieg, starrte ich auf den Schneeregen, der auf den Campus fiel. Ich war nun nüchtern, und mein Kopf war erstaunlich klar.

Es gab eine Million Dinge, die ich plötzlich unbedingt tun wollte. Zunächst einmal musste ich möglichst schnell diese junge Frau treffen.

An diesem Tag beschloss ich, direkt nach Hause zu fahren. Wäre ich an der Universität geblieben, hätte es mir meine Verfassung ohnehin unmöglich gemacht, mich auf die Lehrinhalte zu konzentrieren. Der Schneeregen hielt an, bis es dunkel wurde. An solch einem Tag war lesen das Einzige, was man tun konnte. So wie es Tage gibt, an denen man nichts anderes tun kann, als am Fluss zu grillen, so gibt es Tage, deren Bedeutung für immer verloren ist, wenn man sie nicht mit intensiver Lektüre verbringt. Ich ließ mich in meinem kleinen Zimmer nieder und schaltete den Kerosinofen ein. Mein Kater fing langsam an, sich zu verziehen, und ich machte mich wieder an den Roman von Tanizaki.

Es war schön, sich in diesem Zimmer zu entspannen. Es hatte etliche Schwierigkeiten gegeben, bevor ich es bekam. Zunächst einmal hatte ich mich erst Mitte März, also nur wenige Wochen vor Beginn der Vorlesungen, an das Wohnungsamt der Universität gewandt, so dass kaum noch Zimmer verfügbar waren. Aber das war noch nicht alles. Ich war aus dem Ausland mit einem… Kaninchen angereist. Selbst wenn ein Zimmer frei war, lehnten die Vermieter, sobald sie erfuhren, dass es sich bei dem potenziellen Mieter um einen ausländischen Studenten mit einem Kaninchen handelte, in der Regel aus irgendeinem Grund ab. Ich war ein Neuankömmling mit einem lebenden Fellknäuel. Das machte die Sache richtig kompliziert.

Noch drei Tage vor Vorlesungsbeginn war ich obdachlos. Als ich dann endlich eine Unterkunft fand, war ich froh und erleichtert. Aber dieses Gefühl hielt nicht lange an. Mein neues Zuhause war so heruntergekommen, dass man es nicht beschreiben kann. Das traditionelle Haus im Kyōto-Stil war wahrscheinlich seit seiner Errichtung vor über dreihundert Jahren nicht ein einziges Mal renoviert worden, und ich musste für das Zimmer im zweiten Stock 25.000 Yen im Monat bezahlen – was für Kyōto-Verhältnisse ungeheuerlich war. Rückblickend denke ich, dass man mich über den Tisch ziehen wollte.

Jedenfalls teilte ich mir mit fünf oder sechs anderen Studenten eine Küche und eine Toilette, und da es keine Zimmer mit Badewanne oder Dusche gab, ging ich regelmäßig in ein kleines öffentliches *Sentō*-Badehaus etwa fünfzig Meter die Straße hinunter, das *Tsuru no Yu* (Kranichbad). Sowohl die Küche als auch die winzige im japanischen Stil gehaltene Toilette, die noch dazu ein kaputtes Schloss hatte, befanden sich im Innenhof des Gebäudes, also im Freien, und diese Räume in den Wintermonaten zu benutzen, erforderte ein erhebliches Maß an Mut und Entschlossenheit.

Es war schockierend, wie verschmutzt diese Gemeinschaftseinrichtungen waren. In der Küche gab es immer einen

Stapel dreckiges Geschirr, das von Maden befallen war. Im braunen Wasser der Tassen schwammen Zigarettenstummel, die dort offensichtlich für immer bleiben sollten. Der Abfluss in der Spüle war mit Schimmel überzogen. Es war eine Küche, in der selbst eine Kakerlake ernsthaft über Selbstmord nachgedacht hätte. Der Müll, der überall im Haus verstreut herumlag, war ein willkommenes kostenloses Futter für dreiste streunende Katzen, die jeden Abend fröhlich jaulend vorbeikamen: „Hey, danke auch für die Leckerbissen. Wir kommen immer wieder gern." Oft hörte ich zischende Geräusche, die auf blitzschnelle Kämpfe um nicht identifizierbare Reste hindeuteten. Vor jedem Zimmer stapelten sich Lehrbücher, Comics, *Playboy*-Hefte und andere Zeitschriften. Wundersame Gebilde, immer kurz vor dem Zusammenstürzen.

Die Toilette spottet jeder Beschreibung. Als ich noch bei der Armee war, hatte ich auf einem kleinen Ausbildungsposten in den Bergen eine schreckliche Erfahrung gemacht. Beim Betreten der Latrine, die von hunderten kräftigen Kameraden benutzt wurde, löste der Gestank sofort ein Brennen in den Augen aus. Selbst den härtesten Kerlen wurde schwindlig und übel. So sehen Latrinen in der Hölle aus. Die Toilette in meiner Unterkunft aber war tatsächlich so schlimm, dass ich mich fast ein wenig nach der fragwürdigen Hygiene dieses Armeeaußenpostens sehnte.

Unser Vermieter war ein kleiner, freundlicher Mann, der in der Nähe des Hauses eine Metzgerei betrieb. Jeden Tag schaute er bei uns vorbei, und das Chaos, das er antraf, stürzte ihn immer wieder in tiefe Verzweiflung. Er wurde nicht müde, auf Zettel geschriebene Anweisungen an die Wände zu heften, die uns aufforderten, hinter uns aufzuräumen und zu putzen. Seine Regeln waren kompliziert und in altmodischem Japanisch verfasst. Die Studenten ignorierten sie einfach und hausten weiterhin mit einer Gleichgültigkeit, die an Grausamkeit grenzte.

Dennoch entwickelte ich bald eine unerklärliche Liebe für dieses alte Haus, das auf den ersten Blick so wenig heimelig wirkte. Wahrscheinlich, weil mein eigenes Zimmer so gemütlich war. Die traditionelle japanische Architektur und Inneneinrichtung, Dinge, über die ich nicht viel weiß, trugen sicher viel zu der Wohlfühlatmosphäre bei. Neben der *Tokonoma*-Nische in diesem Sechs-Matten-Zimmer befanden sich gestaffelte Regale, die schön geschwungene Vorsprünge an den vorderen Kanten hatten. Das oberste Regal war mit goldfarbenem Papier ausgekleidet.

Hinter dem Haus floss ein kleiner Fluss, der Shirakawa, und ich konnte sein angenehmes Gluckern von meinem Zimmer aus hören. Auf dem Rückweg vom öffentlichen Bad blieb ich gerne auf der nahe gelegenen Steinbrücke stehen, trank Bier aus einer Dose und lauschte dem Gesang des fließenden Wassers. Trauerweiden säumten beide Ufer des Flusses, und Enten paddelten geräuschlos unter ihren herabhängenden Ästen. Der Anblick dieser Szene löste bei mir immer ein Gefühl tiefer Ruhe aus. Die schwimmenden Enten, die Stille, die Abenddämmerung, all dies schuf eine kleine Welt, die für mich fast vollkommen war.

Die Woche nach dem Schneeregentag verging wie im Flug. Der Januar, der einen weißen Atem ausstieß, ging mit sanften Schritten in den Februar über. Die kalten Tage hielten an, aber der Himmel war glücklicherweise klar. Jeden Tag besuchte ich die Vorlesungen, und jeden Tag übte ich meinen Teilzeitjob aus.

Kyōko traf ich am Samstag. Frau. Nakayama rief von der *Dejima* aus an. Ich solle mich vorstellen, sagte sie, und dann erklärte sie mir den Weg. Laut der Karte, die sie für mich gezeichnet hatte, lag das Haus hinter der Kyōto-Universität in der Nähe des Yoshida-jinja-Schreins auf einem kleinen Hügel. Bevor ich meine Wohnung verließ, breitete ich eine Karte auf meinem Schreibtisch aus und vergewisserte mich, dass der Standort mit dem von Frau Nakayama gezeichneten Plan übereinstimmte. Kurodani, der Name der Gegend, war dort tatsächlich in kleinen Buchstaben eingezeichnet.

Als ich nach draußen trat, war es immer noch bitterkalt. Über Kyōto breitete sich jedoch ein wolkenloser Winterhimmel aus, und die Morgenluft war belebend. Ich schwang mich auf meinen Roller und fuhr die Shirakawa-dōri-Straße nach Norden hinauf. Zu meiner Rechten, parallel zur Straße, ragten die Higashiyama-Berge kristallklar in den blauen Himmel.

Ich blieb vor einem altmodischen Holztor mit einem Strohdach stehen. Der Eingang schien eher zu einer Einsiedelei oder in einen kleinen Schrein zu führen als zu einem Haus. Ein Namensschild oder einen Briefkasten gab es nicht. Etwas besorgt schaute ich auf der Karte nach, aber ich war am richtigen Ort.

Als ich zögernd durch das kleine Tor trat, glaubte, ich in eine Märchenwelt einzutauchen. Erdwälle umgaben vier oder fünf gemütlich aussehende Häuser, zwischen denen sich ein schmaler Kiesweg hindurchschlängelte. Die kleinen Gärten zwischen den Häusern waren mit Steinen, Moos und unzähligen kleinen bonsaiartigen Gewächsen übersät. Hohe Mauern schnitten das Gelände von der Außenwelt ab, und doch war es überraschend sonnig. Alles war so ruhig, dass man meinen konnte, das leise Atmen der umliegenden Pflanzen zu hören.

„Suchen Sie etwas?"

Die Miniaturwelt vor meinen Augen hatte mich so in ihren Bann gezogen, dass ich die Frau mit dem Besen in der Hand, die am Eingang des ersten Hauses stand, nicht bemerkt hatte. Ihr aufgeregter Tonfall passte ganz und gar nicht zu der friedlichen Umgebung.

„Oh, das tut mir leid. Ist das Haus der Familie Nakamura hier in der Nähe?", fragte ich hastig.

Die Frau lehnte ihren Besen an die Tür und tappte zu mir herüber. Mit einem Blick, der mir zu verstehen gab, dass ich ein wenig willkommener Störenfried war, deutete sie auf das Haus am anderen Ende des Gartens.

„Die Nakamuras, die wohnen da drüben."

Ich bedankte mich bei ihr und durchschritt den Durchgang, der ein Haus zu meiner Linken mit seinem Anbau zu meiner Rechten verband. Die Augen der Frau waren immer noch auf mich gerichtet. Das spürte ich deutlich, als ich den schmalen Kiesweg hinunter spazierte. Ihr Blick bohrte sich in meinen Rücken und fast befürchtete ich, er würde ein Loch hineinbrennen.

Als ich das Haus erreichte, war ich wieder ratlos.

Es gab ein Namensschild mit der Aufschrift:

Die
Nakamuras
Yuriko
Kyōko

Aber eine Klingel oder einen Klopfer sah ich nicht.

„Entschuldigen Sie!" rief ich, doch nichts regte sich. Ich hörte den Widerhall meiner Worte, so wie man ihn hört, wenn man vom Rand des Grand Canyon ausruft. Endlich öffnete sich die Eingangstür, Frau Nakamura, die ich in der *Dejima* nur von hinten gesehen hatte, begrüßte mich lächelnd und vertrauensvoll. Ihre liebenswürdige Art hatte mich schon bei der ersten Begegnung beeindruckt.

„Hallo! Wie schön, dass Sie uns gefunden haben! Bitte kommen Sie herein," sagte sie und hielt mir die Tür auf.

Das Innere des Hauses sah aus wie eine natürliche Fortsetzung der Gärten draußen. Hinter dem Eingang trat man in einen schmalen Flur mit kleinen Tatamizimmern auf beiden Seiten. Die vielen Möbelstücke,

Vasen und anderen kleinen Gegenstände waren äußerst gepflegt und achtsam arrangiert. Ich fragte mich, wie ein blinder Mensch mit so vielen Dingen leben konnte, die ihm zwangsläufig im Weg waren. Aber vielleicht diente das, was ich als Hindernis betrachtete, für sie ja auch als Wegweiser.

Wir durchquerten den gewundenen Korridor, stiegen eine Treppe hinauf und gelangten in das innerste Zimmer, das Wohnzimmer. Auf der rechten Seite befand sich ein großes Schiebefenster mit Blick auf den Garten, durch den ich gerade gegangen war. Draußen konnte ich eine schmale Veranda sehen. Kyōko kniete an einem *Kotatsu* vor dem Fenster. Von hinten strömte das schwache Wintersonnenlicht in den Raum.

Irgendetwas an Kyōkos Erscheinung rührte mich an. Sie hatte ein Buch vor sich liegen, und ihre Hände fuhren über die Seite, die mit unzähligen Punkten übersät war. Sie folgte den komplizierten Mustern mit ihren Fingerspitzen. So etwas hatte ich noch nie gesehen, doch ich wusste sofort, dass sie Blindenschrift las.

Die halb geschlossenen Augen und die Kuppen ihrer schlanken Finger, die sanft über die Oberfläche des Blattes strichen, ließen Kyōko vollkommen entspannt aussehen. Sie hatte volle Lippen und eine gerade Nase. Ihre Augenbrauen hatten die Form zweier fein ausbalancierter Bögen. Ich fand sie sehr attraktiv.

Sie spürte zweifellos, dass wir an der Türschwelle standen, hob aber nicht den Kopf, denn sie wollte offenbar weiterlesen, bis sie eine Stelle erreicht hatte, an der man gut aufhören konnte.

Niemand sprach, bis zu dem Zeitpunkt, als Kyōkos Finger sich von den Linien der erhabenen Punkte entfernten. Frau Nakamura war es, die dann Schweigen brach, als hätte sie genau auf diesen Moment gewartet.

„Kyōko, unser Gast ist da," sagte sie und forderte mich mit einer Geste auf, mich an das *Kotatsu zu* setzen.

„Das ist meine Tochter, Kyōko."

Kyōko hob ihren Kopf in meine Richtung und sagte: „Hallo."

„Hallo," erwiderte ich ihren Gruß und nannte meinen Namen.

Kyōko wusste nun anscheinend, wo ich saß und in welcher Höhe mein Kopf war. Ich war ein wenig überrascht, als ich ihr Gesicht aus der Nähe betrachtete. Wenn sie gelegentlich ihre langen Lider hob, konnte ich einen Blick auf ihre Augen erhaschen. Sie waren völlig normal. Es klingt komisch, aber so hatte ich sie mir nicht vorgestellt. Sie waren weder ganz weiß, noch waren die Pupillen seltsam geweitet. Ihr Blick was vielleicht nicht ganz präzise auf mich gerichtet, aber das fiel nur bei sehr genauem Hinschauen auf.

Es war das erste Mal, dass ich mit einem blinden Menschen zusammenkam, und ich konnte kaum glauben, dass so normal aussehende Augen nicht sehen konnten.

Ich erfüllte Frau Nakamuras Wunsch und nahm gegenüber von Kyōko am *Kotatsu* Platz.

„Ich mache jetzt Tee," sagte sie, während sie diskret das Zimmer verließ.

Eine Zeit lang saßen wir schweigend da. Kyōko klappte ihr Blindenschriftbuch zu und fuhr gedankenverloren mit den Fingern über den Rand.

„Das ist ein schönes Zimmer," sagte ich. Wenn ich mit jemandem zusammen bin, werde ich oft nervös, wenn lange Gesprächspausen entstehen.

„Setzen Sie sich ruhig bequem hin," sagte Kyōko, ohne auf meine Bemerkung einzugehen.

Das kam völlig überraschend. Sie hatte die formelle Seiza-Haltung eingenommen und beide Beine unter sich verschränkt. Ich hatte mich gezwungen gefühlt, ebenfalls diese Sitzhaltung einzunehmen, was mir – ehrlich gesagt – schon immer sehr schwergefallen war, und so ersehnte ich die Rückkehr der Mutter, die hoffentlich meine Qualen bemerken und mich mit den von ihrer Tochter gerade ausgesprochenen Worten – „Setzen Sie sich ruhig bequem hin" – erlösen würde.

Aber Kyōko konnte ja eigentlich nicht wissen, in welcher Haltung ich saß.

„Hey, wie haben Sie das herausgefunden?", platzte ich heraus, während ich die Position meiner Beine änderte.

„Ich bin seit meiner Geburt blind, daher nehme ich alle möglichen Dinge wahr, ohne sie zu sehen," erklärte sie, als wäre das etwas Selbstverständliches. „Geräusche, auf die die Leute nicht achten. Angedeutete Bewegungen. Wie etwas riecht Die leichtesten Veränderungen in der Luft. Diese Dinge lassen mich wahrnehmen, was um mich herum vor sich geht."

Die Erklärung war überzeugend.

„Ja, das verstehe ich," sagte ich. Ich wusste nicht, ob alle blinden Menschen solche fast übernatürlichen Kräfte besaßen, aber ich schlug meine Beine in einer bequemeren Haltung übereinander und dankte ihr von Herzen.

Wieder herrschte eine kurze Stille.

„Sie haben überhaupt keinen Kansai-Akzent," sagte ich, da mir nichts Besseres einfiel. Schweigen macht mich nervös, aber ich bin auch nicht gut im Smalltalk.

„Ich schätze, du hast recht. Ich habe die meiste Zeit meines Lebens in Tōkyō verbracht. Ich bin dort geboren, und dort bin ich zur Schule gegangen.“ Sie hörte schließlich auf, an ihrem Buch herumzufummeln, und legte ihre Hände auf die Tischplatte. Vorher hatte sie sich kurz vergewissert, wo genau das *Kotatsu* war.

„Mein Vater stammte ursprünglich aus Kyōto. Er starb allerdings bei einem Autounfall, als ich noch klein war… Wie auch immer, wir haben viele Verwandte hier in Kyōto, die wir oft besucht haben. Aber diese Besuche waren immer nur kurz, und als wir nach Tōkyō zurückkehrten, ging ich schnell wieder dazu über, Standardjapanisch zu sprechen. Ich habe also wohl nie viel vom Kansai-Dialekt mitbekommen.“

Beim Sprechen wandte sie ihr Gesicht immer in meine Richtung. Wenn sie mich so *ansah*, fiel es mir immer schwerer zu glauben, dass sie wirklich blind war.

Ihre Mutter kam zurück.

Wir tranken unseren Tee und unterhielten uns weiter. Nach einer Weile fiel mir wieder der eigentliche Zweck meines Besuchs ein, und so fragte ich: „Wie hast du dir diese persönliche Lesung vorgestellt?“

Kyōko prüfte mit ihrer linken Hand die Position ihrer Untertasse und stellte ihre Teetasse darauf. Man hörte leise, wie Porzellan auf Holz traf. Sie drehte sich wieder zu mir um.

„Weißt du, Literatur ist einfach das, was ich liebe. Japanische und ausländische Literatur. Aber in Japan gibt es nicht viel in Blindenschrift. Nur ein paar repräsentative Werke von ein paar berühmten Autoren. Es gibt wahnsinnig viele Bücher über Akupunktur, Moxibustion, Massage und andere Heilmethoden. Dann gibt es noch die Bibel und eine lächerliche Anzahl von Büchern über das Christentum. Sogar die sechs Bände des Gesetzbuchs wurden in Blindenschrift gedruckt. Aber mal ehrlich, wie viele Leute wollen das denn überhaupt lesen? So etwas macht mich wirklich wütend. Warum müssen wir so langweilige Bücher lesen, die andere Leute kaum anschauen, nur weil wir blind sind?“ Sie war ziemlich aufgebracht.

Ich fand, dass sie völlig Recht hatte, aber ich wusste nicht, was ich sagen sollte.

„Als ich in Tōkyō war und mehr lesen wollte, habe ich mir von Leuten aus der Blindenschule oder von Freiwilligen aus der Braille-Transkriptionsgruppe vorlesen lassen. Oder ich kaufte Hörbücher. Als wir hierherzogen, wollte ich in dieser Art weitermachen. Da hörte ich von den ausländischen Studenten an deiner Universität und beschloss, sie um Hilfe zu bitten.“

Als ich Kyōkos Bekenntnis zur Literatur hörte, war ich ganz gerührt. Denn ich selbst hatte ja zufällig auch japanische Literatur als Hauptfach belegt.

Ursprünglich hatte es keinen besonderen Grund für meine Reise nach Japan gegeben. Ich war schon immer gerne gereist, und nach meinem zwanzigsten Geburtstag hatte ich lange Zeit ein regelrechtes Nomadenleben geführt. Fast fünf Jahre lang war ich ständig unterwegs, hatte an verschiedenen Orten gelebt und zahlreiche Menschen kennengelernt.

Schließlich kam ich zu der Erkenntnis, dass es in meiner Natur lag, vielleicht sogar meine Lebensaufgabe war, wie ein Vagabund umherzuziehen. Jedenfalls hatte ich diese innere Einstellung, als es mich dann irgendwann nach Japan verschlug.

Die meisten Leute verstanden jedoch eine solch vage Erklärung nicht richtig. Sie starrten mich an, als wollten sie sagen: „Du hast doch sicher einen genaueren und vernünftigeren Grund als diesen!“ Sie wollten offensichtlich eine überzeugendere Geschichte hören. „Du bist einer Frau hierher gefolgt, nicht wahr?“, sagten sie. Oder: „Dich hat es in die geheimnisvolle Welt des Orients gezogen, nicht wahr?“ Aber ich konnte ihnen keine Geschichte erzählen, die sie zufrieden gestellt hätte, denn in der Tat hatte mich nur ein vager, *nomadischer Impuls* nach Japan geführt.

Meine Entscheidung, Japanologie als Hauptfach zu studieren, ist auf ähnliche Weise entstanden. Im Allgemeinen führt ein Literaturstudium zu keinem richtig befriedigenden Ergebnis. Es bietet kaum Aussicht auf eine feste Anstellung und hat keinen praktischen Nutzen. Im Gespräch mit anderen ausländischen Studenten erfuhr ich, dass sie sich von Japan als Wirtschaftsmacht angezogen fühlten und forschten, um das Geheimnis des japanischen Wirtschaftswachstums zu ergründen. Sie hatten ein ganz klares Ziel vor Augen: Sie wollten das in Japan erworbene Wissen nutzen, um Besserungen in ihren Heimatländern herbeizuführen.

Man wäre mir vielleicht mit etwas mehr Respekt begegnet, wenn ich die japanische Literatur aus dem Wunsch herausgewählt hätte, etwas zu lernen. Aber das war leider nicht der Fall. Ich hatte keine akademischen Beweggründe. Weder wollte ich durch die Literatur etwas über die verschiedenen Bräuche und Lebensweisen Japans lernen, noch hatte ich die Absicht, eines Tages in mein Land zurückzukehren, um all dies zu lehren. Ein sehr vager Impuls trieb mich dazu, japanische Literatur zu studieren, und aus Sicht des Bildungsministeriums bedeutete dies, dass ich mich auf gefährlich dünnem Eis bewegte, was meinen Status als „internationaler Student“ betraf.

Mich rettete meine Leidenschaft für das Lesen. Ich meine die *reine* Liebe zum Lesen. So wie manche Menschen eine echte Liebe zum Essen von Hobsons Erdbeereis mit Kokosnusspulver-Topping haben, hatte ich eine reine Liebe zum Lesen. Seit ich ein Kind war, habe ich immerzu gelesen. Ich las alles, was ich in die Finger bekam, ein Buch nach dem anderen. Egal, wie viel ich las, immer war ich hungrig nach mehr. Auch während meiner Arbeit auf einem Schiff las ich sehr viel. Sobald meine Aufgaben erledigt waren, hatte ich ja alle Zeit der Welt. So gesehen ist eine lange Seereise ideal, denn man kann sich ganz in der Literatur zu verlieren.

Dieser übermäßige Konsum von Büchern bedeutete jedoch nicht, dass ich viel gelernt hatte. Kaum hatte ich ein Buch zu Ende gelesen, verschwanden alle Einzelheiten aus meinem Gedächtnis und hinterließen nur noch leichte unklare Gefühle. Als ich an die Universität kam, konnte ich daher keine Passagen aus berühmten Werken zitieren. Ich war auch nicht in der Lage, meine Eindrücke in konkrete Worte zu fassen.

Wenn ich so darüber nachdenke, hatte ich vielleicht noch einen weiteren Grund für meine Wahl des Hauptfachs Literatur. Es gab da diese Vorliebe für gebrauchte Büchern – nicht nur in Japan, sondern überall auf der Welt. Ich konnte überhaupt nicht mit Geld umgehen und war ständig knapp bei Kasse. Trotzdem begann ich, sobald ich mich länger in einem Land aufhielt, wie verrückt gebrauchte Bücher zu sammeln. Und wenn ich wieder auf Reisen ging, verkaufte ich sie munter weiter – ohne Wehmut oder Bedauern. Ich hatte ein ungeheuer starkes Verlangen, alte Bücher für kurze Zeit zu besitzen.

Sobald ich nach Kyōto gezogen war, suchte ich alle Gebrauchtbuchläden, die ich finden konnte, auf und kaufte etliche teure Erstausgabe und Nachdrucke. Wenn ich den Lohn für meinen Teilzeitjob bekommen hatte, nahm ich oft den langsamen Nachtzug nach Tōkyō. Den ganzen nächsten Tag verbrachte ich mit Stöbern in den Gebrauchtbuchläden, die die Straßen des Jinbō-chō-Viertels säumten. Zwischen den hohen Regalen stehend, suchte ich mir so wertvolle und seltene Bücher heraus wie Natsume Sōsekis *Kokoro* (Das Herz der Dinge) in einer schönen Kassette, Futabatei Shimeis *Ukigumo* (Die treibenden Wolken), illustriert mit satirischen Grafiken, oder ein Exemplar von Tanizakis *Irezumi* (Der Tätowierer) mit einem abgenutzten Einband. Ich überlegte dann lange, was ich tun sollte, legte sie aber schließlich eilig an den Ort zurück, wo ich sie gefunden hatte.

Am Ende kaufte ich jedoch immer Bücher, die meine wirtschaftlichen Möglichkeiten bei weitem überstiegen und keinen praktischen Wert hatten. Dann nahm ich den langsamen Nachtzug zurück nach Kyōto, freute mich über meine Neuerwerbungen, und bemühte mich, das mit Macht aufsteigende Gefühl des drohenden Bankrotts ein wenig in Schach zu halten.

Steevie nagte liebend gerne an diesen alten Büchern.

Im Gegensatz zu Katzen und Hunden geben Kaninchen keine besonderen Laute von sich und sind kaum mehr als niedliche Tiere bekannt. Ich behaupte, dass dies eine vollkommen ungerechte und vorurteilsbehaftete Ansicht ist. Wenn man ein paar Jahre mit einem Kaninchen zusammenlebt, stellt man fest, dass so ein Tier eine starke Persönlichkeit hat, dass es aber gleichzeitig erstaunlich gesellig ist. Steevie war sowohl klug als auch stur; wenn es darum ging, einen Standpunkt zu vertreten, benahm er sich, als wäre er die Krönung der Schöpfung – das hatte wahrscheinlich mit seiner ausländischen Herkunft zu tun.

Steevies Wohnung war eine graue Plastikkiste. An der Metallgittertür waren zwei kleine weiße Behälter angebracht, einer für Futter, der andere für Wasser. Auf dem Boden der Kiste lag ein Holzgitter, das mit Stroh bedeckt war, damit er nicht in seinen Exkrementen herumlaufen musste. Alle drei Tage reinigte ich die Box und wechselte das Stroh. Ich erledigte diese Aufgaben gewissenhaft, wo immer ich war, auch wenn ich reiste oder auf einem Schiff arbeitete. Es ist meiner Meinung nach sehr wichtig, dass man Zeit und Zuneigung in eine Beziehung investiert, egal ob es sich um eine hinreißende Frau oder ein zwanzig Zentimeter langes Kaninchen handelt. Auf der ganzen Welt gibt es keinen Kaninchenbesitzer, der hingebungsvoller ist als ich es war.

Kaninchen lesen nicht und normalerweise schreiben sie auch nicht. Sie scheren sich einen Dreck um Wechselkursschwankungen, das Wetter, das Weltgeschehen, einfach um alles. Sie sorgen sich um nichts. Abgesehen davon, dass sie sich peinlich genau putzen und hin und wieder schlafen, ist nicht viel los. Nur wenn es ums Essen geht! Sie haben einen unstillbaren Appetit. Die beiden Behälter wurden mehrmals am Tag geleert – und das in atemberaubendem Tempo. Steevie war nicht der Typ, der sich geduldig die Zeit bis zur nächsten Fütterung vertrieb – er hatte nicht nur Probleme mit dem Warten, sondern auch mit seinem Gewicht. Immer, wenn sein Kaninchenfutter oder Wasser zur Neige ging, steckte er seine Vorderpfoten in die Behälter, krallte sich mit den Vorderzähnen an der Tür fest und rüttelte heftig an der Box. Damit verursachte er ein riesiges Getöse. Steevie wusste ganz genau, wie wirkungsvoll dieser gewaltige Krach war. Ganz gleich, ob ich einen Bericht schrieb, mit Freunden etwas trank oder *internationale*

Beziehungen zu einer süßen Studentin *pflegte*, ich unterbrach sofort alles und schaffte frisches Futter und Wasser heran.

Kaninchen sind Nagetiere, genau wie die umtriebigen Biber, die in den Flüssen Kanadas Dämme bauen. Das heißt, wenn sie nicht regelmäßig an etwas Hartem nagen, werden ihre Vorderzähne immer länger.

Steevie war da keine Ausnahme. Wenn er eine Zeit lang nichts Festes zu beißen bekam, fingen seine Zähne an, sich zu strecken wie die Stoßzähne eines Mammuts. Wenn das passierte, hatte ich keine andere Wahl, als mit ihm zum Tierarzt zu gehen und seine Zähne kürzen zu lassen. Unnötig zu sagen, dass Steevie solche barbarischen Eingriffe verabscheute. Um ein übermäßiges Wachstum seiner Zähne zu verhindern, knabberte Steevie bei jeder sich bietenden Gelegenheit an Tapeten, Pfosten, Telefonkabeln, Tatami-Matten und natürlich an gebrauchten Büchern. Da ich ihn immer frei herumlaufen ließ, wenn ich zu Hause war, hatte er reichlich Gelegenheit, solchen Unfug zu treiben. Und egal, wie sehr ich ihn im Auge behielt, es gelang ihm immer, etwas zu zerstören.

Steevie sorgte dafür, dass meine Schadenskaution nie zurückerstattet wurde. Ich hatte einmal ausgerechnet, dass die entgangenen Beträge dem Geld entsprachen, das ich beim Tierarzt zum Schneiden und Polieren seiner Zähne zahlte, und hatte es dann irgendwie aufgegeben, mich mit diesen Fragen zu befassen.

Ich begann, Kyōko etwa ein- oder zweimal pro Woche zu besuchen. Meistens ging ich nach den Vorlesungen zu ihr, aber gelegentlich besuchte ich sie auch an den Wochenenden.

Es war Frühling auf dem Campus. Der Cheerleading-Club versammelte sich täglich in der Mittagspause, und die Mitglieder fuchtelten mit den Armen und schrien dabei aus Leibeskräften. Man fragte sich manchmal, ob sie noch alle Tassen im Schrank hatten. Studenten standen in Grüppchen vor dem schwarzen Brett, das über den fast täglichen Unterrichtsausfall informierte, und freuten sich oder trauerten, je nachdem, was sie mitgeteilt bekamen. Ein Universitätscampus ist eine Theaterbühne, auf der sich zahllose kleine Dramen abspielen.

Nach den Vorlesungen schwang ich mich auf meinen Roller und fuhr die sanft ansteigende Shirakawa-dōri-Straße in Richtung Süden. Jedes Mal, wenn ich durch das kleine Tor mit dem Strohdach ging und den geheimnisvollen Garten betrat, überkam mich das gleiche seltsame Gefühl wie beim ersten Mal. Alles war so vollkommen ruhig, so weit weg von der Realität meiner täglichen Umgebung. Als ich das Haus erreichte, wartete Kyōkos Mutter immer am Eingang auf mich. Wenn ich sah, wie sie mich schweigend anlächelte, begann mein Herz zu rasen, ohne dass es einen besonderen Grund gab. Sie schien das jedoch nicht zu bemerken. Nach einer leichten Verbeugung führte sie mich in die warme Wohnstube im hinteren Teil des kleinen Hauses.

Das war der Ort, an dem sich Kyōko aufhielt. Normalerweise saß sie am *Kotatsu* und strich mit den Fingerspitzen über verschlungene kleine Gruppierungen von erhabenen Punkten. Gelegentlich drehte sie den Kopf leicht vom Fernseher weg und kicherte, denn die Sendung, die sie *anhörte,* war wohl amüsant.

Kyōkos Mutter brachte Tee oder Kaffee, dann wurden wir allein gelassen. In solchen Momenten rührte mich immer ihre besondere Schönheit. Sobald ich die zwei oder drei Bücher, die ich unter dem Arm hatte, auf das *Kotatsu* legte, bemerkte Kyōko das Geräusch, drehte langsam ihren Kopf in meine Richtung und fragte: „Was hast du heute mitgebracht?" Eine andere Begrüßung gab es nicht.

Das erste Buch, das ich ihr vorlas, war eine moderne Version von Mori Ōgai's *Maihime* (Das tanzende Mädchen), das ich zufällig auch für einen meiner Kurse studierte. Obwohl ich eine moderne Adaption hatte, war mein Lesen damals so zögerlich wie die ersten Schritte eines Kleinkindes. Ich hatte Mühe, dem komplexen Fluss der Worte zu folgen, und meine Stimme hatte jede Brillanz verloren. Und immer, wenn eine Passage begann, in der ich ein unbekanntes *Kanji* nach dem anderen lesen musste, wurde ich furchtbar nervös.

An einem Samstagnachmittag Ende Februar mühte ich mich wieder mit so einer Lesung ab. Ich sprach so stockend, dass mir Kyōko, die still zuhörte, leidtat. Doch ich versuchte mir einzureden, dass ich ja im Grunde eine ehrenamtliche Tätigkeit ausübte und ich mir daher keine Beschwerden gefallen lassen musste.

Ich hob den Kopf von dem Text, der wie ein aufgewühltes Meer aussah, und blickte zu ihr hinüber. Sie machte eigentlich keinen unzufriedenen Eindruck. Eine Nischensäule als Rückenlehne nutzend, saß sie mit dem Gesicht zum Fenster, die Beine an die Brust gepresst und das Kinn auf die Knie gestützt. Sie wirkte ruhig, aber gleichzeitig spürte ich etwas sehr Feines und Verletzliches in ihr. Bevor ich erfassen konnte, was es war, hatte es den Raum erfüllt wie der schwache Duft von Pflaumenblüten.

Vielleicht, weil ich aufgehört hatte zu lesen, oder weil sie spürte, dass ich sie anstarrte, wirkte sie plötzlich verlegen und flüsterte: „Was ist los? Warum hast du aufgehört? Lies doch bitte weiter."

Aber das tat ich nicht, jedenfalls nicht sofort.

„In diesem Garten gibt es so viele schöne verschiedene Pflanzen. Wer kümmert sich um ihn?“

„Manchmal meine Mutter,“ antwortete Kyōko, während sie mit ihren Fingern die Linien ihrer Lippen nachzeichnete, „aber meistens macht es die Dame, die in dem Haus neben dem Eingang wohnt.“

Ich erinnerte mich an die Besenfrau, der ich bei meinem ersten Besuch begegnet war. Irgendwie konnte ich mir nicht vorstellen, dass sie die zarten Pflanzen in diesem Garten so sorgfältig pflegte. Eine weitere kurze Stille senkte sich über den Raum. Ich füllte sie mit einem Seufzer, der keine besondere Bedeutung hatte, und setzte meine Lesung fort.

Wie üblich glich meine Konzentration nach etwa einer Stunde Lesen vom Winde verwehten Herbstblättern, und meine Stimme war furchtbar heiser geworden.

„Warum machen wir nicht hier für heute Schluss?“, sagte Kyōko.

Mir schwirrte der Kopf, und meine Lippen und der Kiefer waren steif geworden so wie alter Kaugummi, und deshalb war ich sehr erleichtert. Langsam klappte ich das Buch zu und legte es zurück auf das *Kotatsu*. Als ich nach draußen blickte, war es dunkel, und der kleine Garten war nur noch schwach zu sehen. Mit zunehmender Dunkelheit verwandelte sich die große Glasschiebetür zum Garten hin allmählich in einen Spiegel, und das Spiegelbild von uns beiden, die wir dort saßen, wurde immer deutlicher. Es war wie in einem alten Kino, in dem das Licht langsam schwächer wird und die ersten Szenen eines impressionistischen Films auf der Leinwand erscheinen.

Kyōko griff nach ihrer Zigarettenschachtel und zog eine Zigarette heraus. Sie überprüfte die Position des Feuerzeugs mit ihrem Finger, schnippte mit dem Feuerzeug, bis es brannte, und hielt dann die Flamme an die Spitze ihrer Zigarette. Da sie das Feuerzeug jedoch nicht waagerecht, sondern leicht nach unten gerichtet hielt, fingen mit einem Knistern große Teile der Zigarette Feuer. Kyōko geriet in Panik und ließ die Zigarette auf die Tischplatte des *Kotatsu* fallen. Die Flamme erlosch sofort, aber der Raum roch jetzt ziemlich stark nach Rauch.

Sie seufzte.

„Ich kriege das einfach nicht richtig hin. Meine Mutter sagt immer, dass ich aufhören soll, aber ab und zu habe ich einfach Lust zu rauchen.“

„Soll ich dir eine anzünden?“

Nachdem ich die schwelende Zigarette gründlich gelöscht hatte – sie sah aus wie ein Überbleibsel, das man nach einem Brand findet – zog ich eine andere aus der Packung. Ich zögerte einen Moment, entschied mich dann aber, sie selbst anzuzünden, und reichte sie ihr dann.

„Bitte sehr.“

Unsere Finger berührten sich leicht. Die Zigarette wanderte von meinem Mund zu ihrem. Eine Zeit lang war sie ganz in den Genuss ihrer Zigarette vertieft. Ich schloss die Augen und lauschte. Der Raum war so still, dass ich das schwache Geräusch des brennenden Tabaks hören konnte.

„Du rauchst nicht?“, fragte Kyōko, nachdem einige Zeit vergangen war.

„Ich rauche Pfeife,“ sagte ich und öffnete die Augen. „Aber in Japan ist das schwierig, weil die Leute komisch schauen, wenn sie einen jungen Menschen sehen, der Pfeife raucht.“

Sie lachte. „Wie kommst du darauf?“

„In meinem Land gibt es eine Wehrpflicht, also war ich eine Zeit lang in der Armee. Ich gehörte zu einem Panzerkorps, um genau zu sein. Als Teil unserer Ausbildung mussten wir oft ganze Nächte in einem Panzer verbringen. Ich spreche jetzt von bitterkalten Nächten mitten im Winter. Da haben wir dann eine Pfeife herumgereicht, um uns ein bisschen zu wärmen. Der Rauch war entsetzlich, wir konnten kaum atmen, aber irgendwie hat er ein bisschen gewärmt. Wenn man den Motor abstellt, wird ein Panzer so kalt wie das Innere eines Kühlschranks.“

Sie nickte, ohne ein Wort zu sagen. Mein Herz sank. Ich fragte mich, wie meine Geschichte bei ihr ankam, aber ich konnte nicht die richtigen Worte finden, um sie zu fragen.

„Apropos japanische Zigaretten,“ fuhr ich fort, „meine Lieblingszigaretten sind 'Shinsei'. Sie sind wie die französischen 'Gauloises'. Sie haben einen echten Tabakgeschmack und sind billig. Meine Philosophie zu diesem Thema ist, dass Zigaretten grundsätzlich tödlich sind. Wenn man also schon raucht, dann sollte man auch etwas rauchen, das stark ist und nach etwas schmeckt.“

Kyōko tastete nach dem Aschenbecher und schnippte die Asche von ihrer Zigarette. „Eine Pfeife, hm? Das klingt lustig. Ich hätte das gerne mal ausprobiert,“ sagte sie, als würde sie ein Selbstgespräch führen.

In den Lesepausen plauderten wir manchmal ein bisschen oder diskutierten über Literatur, als wären wir junge Gelehrte der Meiji-Ära. Wir besprachen den Inhalt von Büchern und tauschten naive Meinungen über Literatur aus. Obwohl Kyōko eigentlich keine Bücher lesen konnte, verliefen diese Gespräche ganz natürlich. Auf allen Gebieten und in allen Epochen war sie viel sachkundiger als ich.

„Sag mal, warum sollte Ōta Toyotarō diese süße Tänzerin verlassen und nach Japan zurückkehren wollen?“, fragte sie mit sehr ernstem

Blick. „Wenn ich er gewesen wäre, hätte ich mich auf keinen Fall dafür entschieden, in das langweilige Leben eines Bürokraten zurückzukehren. Ich hätte mich für ein Leben mit meiner Ballerina in Berlin entschieden. Ich bin mir sicher, dass es für ihn erfüllender gewesen wäre, ihr bei ihrer glänzenden Karriere als Star zuzusehen, dabei deutschen Wein zu trinken und sich in die deutsche Literatur zu vertiefen."

„Das klingt sehr verlockend. Aber ich sehe ihn als einen herzlosen Kerl mit einem hoffnungslosen Mutterkomplex, der sich leider nicht aus dem bürokratischen System der damaligen Zeit befreien konnte. Für ihn war ein beruflicher Aufstieg damit verbunden, es seiner Mutter recht zu machen, und ich glaube, dass er nicht den Mut hatte, dagegen anzugehen. Außerdem lag ihm vielleicht gar nicht so viel an deutschem Wein.

Kyōko lachte. „Ich glaube irgendwie, dass du nicht dazu geeignet bist, Literaturkritiker zu werden."

Auch ich lachte. „Da hast du wahrscheinlich ganz recht."

Wir lasen viele Bücher, und der Frühling zog langsam vorbei. Einige lasen wir von Anfang bis Ende, aber meistens lasen wir nur Ausschnitte aus Texten, die ich zufällig dabeihatte oder mit denen ich mich an der Universität beschäftigte.

In Kyōkos Haus gab es ein hohes hölzernes Bücherregal. Der bunte skandinavische Stil passte eigentlich gar nicht zu dem japanischen Wohnzimmer; er war mit so vielen alten Büchern vollgestopft, dass mir der Kopf schwirrte.

„Dieses hier riecht ein bisschen muffig, aber gefällt dir nicht auch diese raue Haptik der Seiten?", sagte Kyōko und zog ein Buch aus dem Regal. „Meine Mutter hat es gekauft, als sie noch jung war. Anscheinend war sie ein richtiger Bücherwurm." Sie reichte mir ein Buch in einer leicht verblichenen grünen Kassette.

Es war das Buch *Kaze Tachinu* (Der Wind ist aufgegangen) von Mori Tatsuo. Ich schlug die erste Seite auf und fand in der unteren linken Ecke eine kurze Nachricht: „Für Yuriko, in liebevoller Erinnerung an die Tage, die wir in Karuizawa verbracht haben. Von Ōsugi." Ganz offensichtlich war Kyōkos Mutter mehr als nur eine unschuldige Literaturliebhaberin gewesen. Aber darüber sprach ich mit Kyōko nicht. Gerne behielt ich das kleine Geheimnis ihrer Mutter für mich, wenn ich dafür vergnüglich in all diesen alten Büchern stöbern durfte.

Damals begann ich endlich, mich ernsthaft mit meinem Studium zu beschäftigen. Ich hatte keine klare Vorstellung davon, wie das alles mit einer zukünftigen Karriere oder sonst irgendetwas zusammenhängen könnte, aber es machte mir großen Spaß. Tagsüber las ich in der Universitätsbibliothek oder in dem kleinen Studienraum der Abteilung für japanische Literatur. Außerdem besuchte ich regelmäßig alle meine Vorlesungen und Seminare.

An Wochentagen lernte ich ununterbrochen und auch an den Wochenenden studierte ich. Ich war das, was man einen 24/7-Studenten nennen könnte.

Kurz nachdem ich nach Kyōto gezogen war, wurde in der Nähe meines Internats das Kyōto International Exchanges Community House gebaut. Das Gebäude war so luxuriös, dass ich mir diesen zynischen Gedanken nicht verkneifen konnte: „Wenn sie so viel Geld für den internationalen Austausch haben, warum verwenden sie dann nicht ein wenig mehr davon für die Unterstützung ausländischer Studenten?“ Aber das hielt mich nicht davon ab, mich an den Wochenenden in der kleinen Bibliothek im zweiten Stock aufzuhalten.

Abends nahm ich einen Hankyū- oder Keihan-Zug nach Ōsaka, wo ich eine langweilige Teilzeitarbeitsstelle als Lehrer für englische Konversation hatte. Ich arbeitete für eine kleine Schule, die ihren Hauptsitz in Umeda hatte und die Lehrer an verschiedene Unternehmen in Ōsaka und Umgebung entsandte. Vor dem Whiteboard in den Konferenzräumen stehend, unterrichtete ich die männlichen Angestellten und die so genannten „Office-Ladies“, die weiblichen Büroangestellten in englischer Konversation.

Einige der Studierenden waren sehr ernsthaft und motiviert, andere hingegen waren unaufmerksam und sehnten das Ende des Unterrichts herbei, um so schnell wie möglich mit dem Lehrer einen trinken zu gehen (es dauerte eine Weile, bis ich mich daran gewöhnt hatte, dass ich hier gemeint war). Ich musste spontan entscheiden, wie ich mit einer Klasse umgehen wollte. Für den oberflächlichen Beobachter war es eine Traumstelle: Egal, ob ich gut oder schlecht unterrichtete, meine Schüler waren immer zufrieden und ich bekam ein Gehalt. Aber um die Wahrheit zu sagen, war es lästig, jeden Abend nach Ōsaka zu pendeln, für eine uninteressante Arbeit, die mir außer finanziellem Nutzen absolut nichts brachte.

Die Zugfahrt dauerte in beide Richtungen fast eine Stunde. Im Zug erlebte ich die verschiedensten Dinge. Die meisten waren unangenehm.

Wenn ich beim Warten auf den Zug eine japanische Zeitung oder einen japanischen Roman las, schlich sich eigentlich jedes Mal irgendein verrückter Geschäftsmann von hinten an und rief begeistert aus: „Oh! Sind die japanischen Kanji in Ordnung?“ oder irgendeinen anderen Unsinn.

Ich wollte antworten: „Kümmern Sie sich um Ihren eigenen Kram und lassen Sie mich in Ruhe,“ aber sie waren oft verdammt hartnäckig.

Nachdem sie mir eine gefühlte Ewigkeit über die Schulter geschaut hatten, dachten sie eine Minute lang nach und brachten dann den vermeintlich witzigen Kommentar: „Japanische Kanji *mu-zu-ka-shi-i*?“ an.

Meine Güte… konnten sie sich nicht etwas anderes einfallen lassen als immer wieder dieselben abgedroschenen Redewendungen? In erster Linie wünschte ich mir, sie würden normal reden – auf eine nicht diskriminierende, *normale* Art.

Im Zug begegneten mir auch eine ganze Reihe von seltsamen Gestalten. Zum Beispiel setzte sich ein Geschäftsmann neben mich und begann, nachdem der Zug losgefahren war, alle möglichen Fragen auf Englisch zu stellen. Ich kam mir vor, als würde mich die Polizei verhören.

Als ich auf seine Fragen auf Japanisch reagierte, stand er mitten in meiner Antwort auf und wechselte den Platz – als wollte er sagen: „Ich habe keine Zeit für Ausländer, die Japanisch sprechen.“ Mit offenem Mund blieb ich zurück und sah wahrscheinlich aus wie ein Vollidiot. Bei einer Kommunikation müssten doch eigentlich beide Personen beteiligt sein, fand ich. Außerdem waren wir in Japan, sollten wir uns also nicht auf Japanisch unterhalten? Ich konnte nie sagen, ob diese Leute wirklich mit mir sprechen wollten oder ob sie nur ihr Englisch üben wollten. Oft ärgerte ich mich damals über solche Dinge.

Meine Besuche in Kurodani waren es, die mich von der etwas düsteren Stimmung, die an der Universität herrschte, und auch von der Leere und Erschöpfung, die meine Teilzeitarbeit mit sich brachte, befreiten. Schon bald war dieser Ort für mich zu einer geschätzten Welt des Friedens und der Gelassenheit geworden. Ich beschloss, diese Welt eifersüchtig vor anderen zu verbergen. Deshalb sprach ich weder mit den anderen ausländischen Studenten noch mit meinen japanischen Freunden über Kyōko.

Nur einmal fragte mich Frau Nakayama aus dem Aufenthaltsraum für ausländische Studenten: „Was ist denn aus dem blinden Mädchen geworden?“ Ich wich dem Thema aus und gab eine unklare Antwort: „Ach, die? Ich denke, es ist alles in Ordnung.“

Mit Beginn der Frühjahrsferien trafen Kyōko und ich uns fast täglich. Wir lasen nicht nur, sondern gingen auch miteinander aus. Als wir das erste Mal beschlossen, zusammen in die Stadt zu gehen, war ich etwas verwirrt. Nach unserer Lesestunde vereinbarten wir, irgendwo essen zu gehen. Ich ging zuerst aus dem Haus, und während ich wartete, fragte ich mich, wie ich sie begleiten sollte. Kurze Zeit später erschien sie in der Tür.

„Hey, benutzt du nicht einen dieser weißen Stöcke, wenn du rausgehst?“, fragte ich zögernd, während ich auf den Kiesweg blickte.

„Natürlich kenne ich die. Ich habe einen zusammenklappbaren in meiner Tasche. Der ist ziemlich cool. Wenn ich ihn herausziehe, schnappt er aus wie eine Karatewaffe. Deshalb nenne ich ihn auch mein *Nunchaku*.“ Während sie sprach, klopfte sie leicht auf ihre Umhängetasche, als wolle sie mir mitteilen, dass sich darin so ein Stock befand.

„Aber wenn wir zusammen sind, brauche ich keinen, oder?“ sagte sie und berührte mit ihren Fingerkuppen leicht meinen Ellbogen. Die Botschaft war klar: So sollte ich sie führen.

„Nein, wenn wir zusammen sind, dann wohl nicht,“ antwortete ich.

Wir folgten der kurvenreichen Straße hinunter zur Shirakawa-dōri-Straße und stiegen vor dem Kinrin-Busdepot in einen Bus. Die anderen Fahrgäste starrten uns an. Ich fühlte mich äußerst unsicher, als ich Kyōko zu einem freien Sitzplatz führte. Die Kombination ausländischer Student und junge blinde Japanerin ist für die Menschen in dieser Stadt wahrscheinlich zu avantgardistisch, dachte ich, als ich mich neben sie setzte. Der Duft ihres Parfums, eine zarte Mischung aus Vanille und Weihrauch, wehte zu mir herüber.

Wir tranken Tee in Teestuben, gingen ein paar Mal ins Kino und unternahmen viele andere Dinge. Natürlich war ich ziemlich überrascht, als Kyōko zum ersten Mal vorschlug, einen Film zu anzusehen. Aber obwohl sie nicht sehen konnte, gefielen ihr die Filme ungemein. Wenn es sich um einen japanischen Film handelte, flüsterte ich ihr einfach kurze Beschreibungen der Handlung und der Szenerie zu, die die Dialoge zu ergänzten. Aber bei ausländischen Filmen musste ich alle Untertitel vorlesen, was natürlich viel schwieriger war. Außerdem störte mein Geplapper die Zuschauer, die in der Nähe saßen, so dass wir uns Plätze suchen mussten, die weiter weg lagen.

Ohne ersichtlichen Grund legte Kyōko oft ihre Hand auf meinen Arm oder schmiegte sich so nah an mich, dass sich unsere Schultern berührten. Für sie waren solche Gesten ganz natürlich und hatten keine besondere Bedeutung, bei mir lösten sie jedoch eine seltsame Verwirrung aus.

Oft erkundete ich die Stadt auf eigene Faust. Meine Unterkunft befand sich in der Nähe des Chion'in-Tempels und des Maruyama-Parks, und ich liebte es, die abendlich beleuchteten Kirschblüten in Maruyama auf mich wirken zu lassen. Die Shisendō-Halle war einer meiner

Lieblingsorte. Sobald die Kirschblütenzeit vorbei war und die Touristen sich rarmachten, verbrachte ich Stunden damit, den Garten zu betrachten, in dem das rhythmische Geräusch eines *Shishi-odoshi*, eines Bambus-Wasserpendels, zu hören war. Manchmal machte ich mich auf den Weg in den Süden zu den Tōfukuji-Tempeln und genoss den Anblick des Kranich- und Schildkrötengartens im Zen-Stil am Sesshūji-Tempel, während ich grünen Matcha-Tee trank.

Ich hätte ewig auf der Holztreppe des Ryōanji-Tempels sitzen und den Steingarten bewundern können. Ebenso hätte ich stundenlang durch den Nanzenji-Tempel, Kurama, das Nijōjō-Schloss, Arashiyama, Sagano oder den Heian-jingū-Schrein wandern können, ohne jemals die Faszination zu verlieren. Ich versuchte, mich in die Stadt einzufügen, ohne viel zu analysieren. Ich mochte die beruhigende Zeitlosigkeit all der Landschaften und Bauwerke. Wie ein flacher Stein, der langsam auf den Grund eines langsam fließenden Baches sinkt, tauchte ich allmählich in die durch und durch japanische Atmosphäre dieses Ortes ein.

Ohne mich auch nur eine Sekunde lang zu fragen, warum, begehrte ich intensiv etwas von Kyōto. Ich wollte mir die Stimmung der Stadt aneignen, vielleicht auch etwas von ihr lernen. Für mich war die alte Hauptstadt wie eine Grenze, die überschritten werden musste und Erkenntnisse versprach. Und ich sehnte mich danach, bedingungslos akzeptiert zu werden. Aber führen Erwartungen nicht oft auf unbarmherzige Wege, die zwangsläufig zu Enttäuschungen führen?

Der Mai war die Zeit der Schulausflüge.

Schüler von Mittel- und Oberschulen aus dem ganzen Land fielen über Kyōto her wie die dunklen Heuschreckenschwärme, die regelmäßig ganze Gebiete Afrikas überziehen. Sie waren zu Fuß unterwegs oder in riesigen Touristenbussen, die übelriechende Abgase ausstießen. Die extravaganten unter ihnen bereisten die Stadt mit viel Luxus und benutzten Taxis. Alle verbrachten sie ihre Tage damit, nach spielzeugartigen Souvenirs zu suchen und waren ständig auf der der Jagd nach Motiven für Erinnerungsfotos, auf denen sie triumphierend Friedenszeichen vor Tempeln oder Gärten zeigten, die sie nur flüchtig ansahen. Wenn die Sonne unterging, sah man sie völlig erschöpft am Eingang von Hotels oder Gasthöfen hocken, in der Hoffnung endlich eingecheckt zu werden.

Die Begegnung mit einer dieser Gruppen wurde zu einem echten Albtraum. Sobald ein Student mich sah, schlug er oder sie sofort Alarm, dass ein *Gaijin*, also ein Ausländer, entdeckt worden war. Die Aufregung verbreitete sich dann in der ganzen Horde wie eine ansteckende

Krankheit. „Hey, habt ihr das gesehen? Da war ein *Gaijin*." „Wo? Oh, du hast recht. Ich sehe ihn." „Da ist er, der *Gaijin*!" „Ein *Gaijin*, ein *Gaijin*... *Gaijin*... *Gaijin*... *Gaijin.*"

Am liebsten hätte ich zurückgeschrien: „Tut mir leid, dass ich ein *Gaijin* bin!" Aber ich war eindeutig in der Unterzahl, und ehe ich mich versah, waren sie über mich hergefallen. Lachen Sie darüber, weinen Sie, es gab kein Entkommen.

Dann kam immer wieder das eine unvermeidliche Wort, das die Gaijin verstehen sollten: „*Harō*! *Harō*! *Harō*! *Harō*!" Warum konnten japanische Schulen ihren Schülern nicht beibringen, wie man „Hallo" richtig ausspricht? Dieser Mob bewegte sich in der Regel in Gruppen von etwa hundert Personen (zumindest kam es mir so vor), so dass bei jedem Ansturm etliche Salven auf mich niederprasselten. Während der „Heuschreckenzeit" wurde ich von etwa einem Dutzend Angriffen pro Tag geplagt, so dass die Gesamtzahl der *harōs* ungeheuer hoch gewesen sein muss – die genaue Zahl konnte ich natürlich nicht berechnen.

Aus der Sicht der jungen Besucher, die lediglich ihre Begeisterung zum Ausdruck bringen wollten, waren diese Begegnungen wahrscheinlich nicht mehr als ein paar bedeutungslose Augenblicke ihres einmal im Jahr stattfindenden Schulausflugs. Aber für mich, der ich von dem sich wiederholenden Geschrei erschöpft war, war die Erfahrung absolut unerträglich.

Tagelang kämpfte ich gegen das Gefühl der Wut und der Verachtung, die ich gegenüber diesen Schülern empfand, die „*Gaijin*! *Harō*! *Harō*!" riefen wie programmierte Roboter.

Die Regenzeit brach über uns herein, als ob sie auf der Lauer gelegen hätte. Der Regen prasselte mit einer bedrückenden Hartnäckigkeit nieder. Die Gebäude in der Stadt, der Asphalt der Straßen, die alten Ziegel auf den Dächern und alle anderen freiliegenden Gegenstände wurden von den ohne Unterlass fallenden dicken Regentropfen dunkel gefärbt. Die Stadt verwandelte sich in einen tropischen Regenwald, in dem Regenschirme die Bäume ersetzten.

In kürzester Zeit war jeder erdenkliche Gegenstand bis auf den Grund durchnässt. Das alte Haus, in dem ich wohnte, erwies sich immer mehr als Enttäuschung, denn es wurde auf katastrophale Art und Weise in Mitleidenschaft gezogen. Die Tatami-Matten waren durchfeuchtet, die Tapeten standen kurz davor, sich im klebenden nassen Leim aufzulösen und die Bücher in den Regalen verwandelten sich in zerzauste, niedergeknüppelte Gestalten.

Dieses Wetter empfand ich als scheußlich, aber Steevie und Kyōko hassten den dampfenden Regen noch mehr als ich. Steevie verbrachte den ganzen Tag zusammengerollt und mit verärgertem Gesichtsausdruck in einer Ecke seiner Kiste. Sein Fell verlor jeden Glanz, und er litt offensichtlich außerordentlich unter der Hitze und der Feuchtigkeit.

Kyōko beklagte sich heftig, was ganz und gar untypisch für sie war.

„Bei so einem Wolkenbruch in die Stadt zu fahren, ist einfach ein Albtraum," erklärte sie. „Man kann nie vorhersehen, was passiert. Du weißt doch, ich verlasse mich auf Geräusche genauso sehr wie auf meinen Tastsinn. Aber wenn es zu laut wird, komme ich völlig durcheinander. Da ist der strömende Regen, die vorbeirasenden Autos auf dem nassen Bürgersteig, so viele verschiedene Geräusche. Und wenn ich das alles auf einmal höre, verliere ich die Orientierung. Wenn ich etwas zu tragen habe, ist es schwer, meinen Stock in der einen und einen Regenschirm in der anderen Hand zu halten. Ich bräuchte noch einen zusätzlichen Arm. Mein Regenschirm stößt ständig gegen Leute und Gegenstände, und ihre Regenschirme schlagen mir immer wieder auf den Kopf, als wollten sie sich rächen. Es ist einfach schrecklich." brummte sie frustriert vor sich hin.

Mir wurde klar, dass es weitaus problematischer ist, blind zu sein, als es sich der Durchschnittsmensch je vorstellen kann. Ich nickte verständnisvoll. Aber natürlich bemerkte Kyōko das nicht.

Ungefähr zu dieser Zeit lud mich ein Freund, der an der Universität studierte, ein, spätabends in einer kleinen Bar im Kiyamachi-Viertel zu einer Karaokevorführung ein.

Gerüchten zufolge war die Bar, die sich am Ende einer Gasse zwischen dicht gedrängten Gebäuden befand, genau in dem Jahr eröffnet worden, als die Beatles nach Japan kamen. Das Besondere an der Bar war, dass die Bilder an den Wänden, die Videos auf einer großen Leinwand im hinteren Bereich und sogar die Hüllen der Langspielplatten, die die Innenseite der Badezimmertür zierten, allesamt Erinnerungsstücke an die gute alte Zeit der Beatles waren.

Uehara-san, der Besitzer, war ein eingefleischter Beatles-Fan. Er hatte ursprünglich geplant, einen ruhigen, entspannten Ort zu schaffen, an dem sich Fans treffen und über die Gruppe plaudern können, während sie ihre Lieblingssongs hören. Sein Plan ging jedoch überhaupt nicht auf. Jahre, nachdem er das Projekt auf den Weg gebracht hatte – eigentlich kurz bevor wir anfingen, dorthin zu gehen -, beging er einen schlimmen, nicht wieder gut zu machenden Fehler: Er kaufte eine Laserdisc-Karaoke-Anlage und verwandelte das Lokal in eine Karaoke-Kneipe. Er wollte mit der Anlage Dokumentarfilme der Beatles auf die große Leinwand hinter dem Tresen projizieren. Doch jedes Mal, wenn jemand anfing zu singen, verschwand Paul McCartney sofort und wurde durch eines dieser typischen, albernen Karaoke-Bilder ersetzt. Die Palette reichte von prächtigen afrikanischen Naturaufnahmen bis hin zu nackten Frauen, die sich in Ekstase auf herzförmigen Betten wanden. Immer wenn das Karaokeprogramm anfing, zog sich der Besitzer hinter seinen Tresen zurück und nippte schweigend an seinem Whisky.

Die Bar verfügte nur über sechs oder sieben hohe Hocker, die um einen schmalen Tresen standen, war also sehr klein. Selbst wenn sich noch ein paar weitere Gäste an die Wände drängten, mehr als fünfzehn passten einfach nicht hinein. Das Lokal war folglich immer so voll wie ein Pendlerzug im Berufsverkehr.

An Freitagabenden kamen viele Angestellte, meist Beatles-Fans. Obwohl ich einer anderen Generation angehörte und aus einem anderen Land stammte, stellten sie mir viele Fragen – zunächst in stockendem Englisch, dann auf Japanisch. Ihr Enthusiasmus glich dem von Reportern, die einen aus der Schlacht heimkehrenden Soldaten mit Fragen nach den neuesten Nachrichten von der Front bedrängen.

Schwarze Wolken hingen so tief über der Stadt, dass man beinahe glaubte, sie greifen zu können. Das Ende der Regenzeit war nahe, aber immer noch ging einmal am Tag, einer südostasiatischen Sturmböe gleichend, ein heftiger Regenguss nieder.

Als ich bei dem Haus in Kurodani ankam, war Kyōko allein. Kaum hatte ich mich ihr gegenüber niedergelassen, verkündete sie unvermittelt in schelmischem Ton: „Wie wäre es, wenn du heute etwas liest, das ich ausgesucht habe? Du liest in letzter Zeit nur japanische Literatur, also habe ich zur Abwechslung mal diesen amerikanischen Roman ausgegraben. Ta-da!“

Das Buch, das sie mir reichte, war *Henry und June* von Anaïs Nin. Gemischte Gefühle ergriffen mich, während ich es in die Hand nahm. Als ich das Buch nämlich zum ersten Mal – mehr oder weniger heimlich – in der Highschool gelesen hatte, war ich so aufgeregt gewesen, dass ich kaum hatte atmen können und mehr als einmal die Augen hatte schließen müssen, um mich zu beruhigen. Für mich war es einer der schönsten, traurigsten und erotischsten Romane der zeitgenössischen Belletristik. Die Geschichte einer komplexen Beziehung zwischen drei Menschen, die gierig nach sexueller Liebe und Vergnügen streben, entfaltet sich in einem schwindelerregenden Tempo, und die zärtlichen, leidenschaftlichen lesbischen Liebesszenen haben auf einen unwissenden Highschool-Schüler natürlich eine überwältigende Wirkung.

Ich schluckte so heftig, dass das Geräusch in der vollkommenen Stille des Raumes widerzuhallen schien.

„Was ist los? Magst du Henry Miller nicht?“

„Ich liebe Henry Miller,“ sagte ich und öffnete *Henry und June* an einer passenden Stelle. „Aber ich hätte nie gedacht, dass du vorschlägst, so etwas zu lesen.“

Es war das erste Mal, dass ich einen ausländischen Roman in japanischer Übersetzung las. Mit einer gewissen Besorgnis, aber auch mit großer Neugierde begann ich mit dem Vorlesen. Dabei passierten zwei Dinge gleichzeitig: Erstens wurde meine Stimme so heiser, dass ich es kaum glauben konnte. Ich spürte einen seltsamen Durst und musste mich mehrmals räuspern. Und zweitens verließ Kyōko leise ihren gewohnten Platz und rückte ganz nah an mich heran. Den Kopf auf meine gekreuzten Beine gerichtet streckte sie sich auf dem *Tatami* aus und stützte ihr Kinn auf ihre Hand.

Weniger als dreißig Zentimeter lagen zwischen uns. Obwohl ich mir meiner brüchigen Stimme und der Anwesenheit von Kyōko in *unmittelbarer* Nähe bewusst war, schaffte ich es irgendwie, weiterzulesen. Nach etwa fünf Minuten war ich an der Stelle, vor der ich mich gefürchtet hatte; es war eine anschauliche Beschreibung der folgenden Szene:

In einem schwach beleuchteten Loft schlüpfte Anaïs leise in Junes Bett. Sie setzte sich mit gespreizten Beinen auf Junes Körper, knöpfte ihr eigenes Pyjama-Oberteil auf, ergriff sanft Junes Hände und drückte sie gegen ihre Brüste. Als die Kraft von Anaïs' Griff allmählich intensiver wurde, begann June sich zu bewegen – geräuschlos und lustvoll. Der Atem der beiden Frauen wurde kürzer. Schließlich kippte Anaïs nach vorne, rieb ihr Gesicht wie ein Kätzchen an Junes üppigen Brüsten und begann, deren feste Brustwarzen mit ihren dünnen Lippen sanft zu streicheln. Henry stand in der Tür, das schwache Mondlicht drang von hinten in den Raum. Ein langer Schatten ging quer durch den Raum, bis zur Bettkante. Er hatte Tränen in den Augen.

Das war der Inhalt des Textes. Ehe ich mich versah, las ich sehr leise vor mich hin. Ein ganz anderes Gefühl als die sexuelle Erregung, die ich vor langer Zeit erlebt hatte, überkam mich.

„Hey, wo ist das Problem? Es ist nicht fair, an so einer Stelle aufzuhören. Ich will auch die pikanten Stellen hören.“ protestierte Kyōko in demselben schelmischen Ton wie zuvor.

Ich räusperte mich erneut. „Sag mal, könnten wir nicht vielleicht etwas anderes lesen?“, schlug ich mit fester Stimme vor. „Das hier ist ein bisschen… zu viel.“

Darauf ging Kyōko nicht ein. „Jetzt sag nur nicht, dass du dich schämst. Bist du vielleicht sogar rot geworden?“ Kyōko lachte. „Das ist so süß. Das hätte ich nie gedacht.“ Sie legte ihre Hand leicht auf mein Knie.

Darauf fiel mir keine passende Antwort ein.

„Hör zu,“ sagte Kyōko. „Es macht mir wirklich Spaß, wenn du mir vorliest, und ich bin dir sehr dankbar. Das meine ich ernst. Aber wenn du es schon tust, dann bitte ohne Zensur! Ich möchte diese Art von Szenen genauso genießen wie jeder andere auch.“

Gut, das war ein überzeugendes Argument. Ich schluckte wieder schwer. Es herrschte eine kurze Stille. Und wie immer fühlte ich mich in der Stille unwohl.

„Komm schon, lies bitte noch ein bisschen. Und wenn wir schon dabei sind, kann ich meinen Kopf vielleicht auf deinen Schoß legen?“ Mit diesen Worten verschob sie unauffällig ihre Position und legte ihren Kopf auf meinen Oberschenkel, als wäre das etwas ganz Selbstverständliches.

Mit Mühe konnte ich meine Fassung bewahren und las weiter. Aber meine Kehle war nun vollkommen ausgetrocknet. Meine Stimme, die jetzt nur noch ein schwaches Flüstern war, schickte surrealistische und sinnliche Sätze zu Kyōkos schönem Ohr. Sie schloss die Augen und schien nun in eine Welt der Genüsse zu gleiten, die man nicht sehen, nur aussprechen konnte, und lauschte dem Rest der Geschichte.

Dann begann es zu regnen, als würde ein vor langer Zeit gegebenes Versprechen wahr gemacht. Während wir vom sanften Geräusch des Regens umhüllt wurden, verschmolzen die Szene auf dem Dachboden aus dem Roman und das Wohnzimmer, in dem wir uns jetzt befanden, so sehr, dass ich sie kaum noch unterscheiden konnte. Ich war furchtbar aufgeregt. Der Inhalt des Buches machte mir das Gewicht und die *Nähe* von Kyōkos Kopf auf meinem Schoß noch bewusster. Ich spürte etwas Warmes und Süßes, aber ich konnte nicht feststellen, ob das Gefühl aus meinem Inneren oder aus Kyōkos Körper kam.

Da war eine Einheit zwischen den Worten auf dem Papier, meiner Stimme, die sie aussprach, und Kyōko, die schweigend zuhörte. Der gedruckte Text, meine Lesung und wir beide existierten nicht mehr als getrennte Einheiten. Ich hatte jetzt die Illusion, dass Kyōko und ich der Stimme einer anderen Person zuhörten. Gemeinsam tauchten wir in die tiefe Sinnlichkeit des Romans ein, und gemeinsam waren wir tief gerührt. Mit jedem Satz des Romans veränderte sich die Atmosphäre im Raum ein bisschen, und schließlich begann sie sich zu verselbständigen.

„Das ist so schön," seufzte Kyōko und unterbrach damit meine Lesung. Sie lächelte und öffnete die Augen. Einen Moment lang hatte ich das Gefühl, dass sie mich tatsächlich *ansah*.

„Lass uns eine Weile dem Regen zuhören," flüsterte sie. „Das kann ich nämlich richtig gut. Ich kann einzelne Tropfen ausmachen und sagen, wo jeder einzelne landet. Ob er nun auf den Kiesweg fällt, gegen das Dach schlägt oder ein Blatt zum Schwingen bringt … jeder hat sein eigenes Geräusch."

Ich konzentrierte mich mit all meinen Sinnen auf den Regen. Aber ich war nicht feinsinnig genug, unterschiedliche Geräusche wahrzunehmen. Die Konzentration auf den Regen konnte jedoch den Durst in meiner Kehle ein wenig stillen.

Ich schloss *Henry und June* und legte das Buch leise zurück auf den *Tatami*. Die Aufregung, die ich spürte, und die seltsame Spannung zwischen Kyōko und mir schwebten in der Luft. Dem Drang, meine Hand auf ihre Schulter zu legen konnte ich kaum widerstehen. Unsere Beziehung erlaubte solche Gesten jedoch nicht.

Plötzlich, ohne Vorwarnung, hörte der Regen auf. Es war fast unheimlich. Danach legte sich eine geheimnisvolle Stille über uns. Eine Zeit lang regten wir uns nicht. Die Wirkung des Romans und des Regens hinderten uns daran, uns zu bewegen. Die Stille war jetzt ganz anders als vorher und fühlte sich sehr angenehm an. Es war, als ob uns die Ruhe nach dem Sturm umarmt hätte. Ich lächelte vor mich hin. Wenn ich darüber nachdachte, wurde mir klar, dass ich immer, wenn ich mit Kyōko zusammen war, dieses unruhige Bedürfnis hatte, etwas zu sagen. Es war, als ob ich das Schweigen wegen ihrer Blindheit unbewusst als eine Art Tabu angesehen hätte. Vielleicht glaubte ich, das Unsichtbare mit Worten füllen zu müssen.

Doch jetzt fühlten wir uns wohl, auch wenn niemand sprach. Wir kommunizierten in der Stille, wobei man den Inhalt nicht in Worte fassen kann. Sehr, sehr lang führten wir dieses wortlose Gespräch.

Nach der Regenzeit wurde es in der Gegend entlang des Takasegawa-Flusses drückend heiß und schwül. Es wimmelte trotzdem an jedem Wochenende in der Gegend zwischen den Straßen Sanjō-dōri und Shijō-dōri von Studenten, die schweißgebadet mit erstaunlicher Energie bei der Sache waren. Auf der anderen Seite des Kamogawa-Flusses gab es exklusive Clubs und teure Teehäuser, die umgeben waren von Schwulenbars und Striplokalen. Das war die Welt von Gion, in der es überall nach betrügerischem Geld stank. Unsere Karaoke-Gruppe hatte nichts mit dieser Welt zu tun. Unser Lieblingsort war immer noch die kleine Beatles-Bar, wo wir für wenig Geld singen und bis zum Morgen Whisky trinken konnten. Ich habe dort viele Lieder geübt und Unmengen von Alkohol getrunken. Manchmal kamen auch ausländische Studenten aus China, Korea, Brasilien und anderen Ländern zu uns. Ich versuchte mich an allen möglichen Liedern, darunter auch welche von Southern All Stars, Alice, Nagabuchi Tsuyoshi, Sada Masashi und Inoue Yōsui. Und ich wollte mein Repertoire auffrischen.

Normalerweise verließen wir die Bar, nachdem wir die NHK-Nachrichten um 5 Uhr morgens gesehen hatten. Um diese Zeit wurde es draußen schon hell. Nach einer ganzen Nacht im Halbdunkel wirkte selbst das schwache Licht des frühen Morgens gleißend. Im nördlichen Teil von Kiyamachi befand sich ein kleines *Rāmen*-Nudellokal. Er war so beliebt, dass selbst am frühen Morgen Leute geduldig davor anstanden. In noch leicht angetrunkenem Zustand aßen wir *Kimchi-Rāmen* im Morgenlicht. Mir fiel es schwer, in der Hocke zu sitzen, also aß ich meist im Stehen. Trotzdem schmeckten die würzig-scharfen *Kimchi-Rāmen,* die wir nach einer langen Nacht mit Gesang und Alkohol in der frischen Morgenbrise aßen, überirdisch gut.

Danach gingen wir zum Ufer des Kamogawa-Flusses, setzten uns auf die harte Steinplatte mit Blick auf die seichte Strömung und redeten wieder über Gott und die Welt. Die Gegend in der Nähe der Sanjō-Ōhashi-Brücke war überraschend belebt, vor allem tummelten sich dort Studenten, die die Nacht auf ähnliche Weise wie wir verbracht hatten; da waren aber auch Verliebte, die sich bis zum Morgengrauen süße Dinge zugeflüstert hatten – ohne eine Möglichkeit gefunden zu haben, ihren sexuellen Appetit zu stillen. Diese Paare saßen Seite an Seite mit Blick auf den Fluss, in Abständen, die wie mit einem Lineal abgemessen schienen. Ich selber empfand eine wunderbare Ruhe und war irgendwie losgelöst von allem. Das Gefühl, dass sich *Kimchi-Rāmen* und Whisky in meinem Körper vermischten, war ungeheuer wohlig.

Das Frühjahr, ich dem ich Kyōko kennenlernte und meine neue Tätigkeit als Vorleser mehrmals pro Woche ausübte, war für mich, ??de ausländischen Studenten eine recht produktive Zeit. Doch als es Sommer wurde und ich die wahnsinnige Hitze des Kyōto-Beckens nicht mehr ertragen konnte, beschloss ich, die Stadt zu verlassen und nach Hokkaidō zu trampen. Die Reise war wie immer eine Unternehmung mit sehr wenig Geld und hätte daher gut als Vorlage für einen Artikel in einem *Lonely Planet*-Reiseführer dienen können. Ich hatte nicht den finanziellen Spielraum, um in einem Hotel oder einem japanischen Ryokan-Gasthof zu übernachten, und ich wollte mich nicht mit den lästigen Regeln einer japanischen Jugendherberge herumschlagen, also stopfte ich ein altes Zelt und einen Schlafsack in meinen Rucksack und zog wie ein Vagabund los.

Japan war ein Paradies für Anhalter. Ich stand am Straßenrand und hielt ein Pappschild in der Hand, auf dem stand: „Nach Hokkaidō," eine prägnante Botschaft, die meine Richtung angab, und es dauerte normalerweise nicht länger als fünf Minuten, bis ein Auto anhielt. Beinahe alle Fahrer und Mitreisenden waren außerordentlich freundlich.

Lag es daran, dass sie das Konzept des Trampens nicht verstanden haben? Bei zwei Gelegenheiten jedenfalls (um genau zu sein, einmal in einem kleinen namenlosen Landstädtchen in Shizuoka und einmal in Kōriyama, einer Stadt in der Präfektur Fukushima) wurde ich mitgenommen, aber nur, um am nächsten Bahnhof sofort wieder abgesetzt und aufgefordert zu werden, mit dem Zug weiterzufahren. Ein anderes Mal (zwischen Morioka und Aomori) fragte mich ein fremder Mann, der einen altmodischen Nissan Cherry fuhr, etwa in dem Tonfall, in dem man sich bei einem Pferderennen nach den Gewinnchancen erkundigt: „Wenn Sie jemanden mit all Ihrer Kraft erwürgen würden, was glauben Sie, wie lange würde es dauern, bis er stirbt?" Ich traf auch auf eine gut betuchte ältere Frau, die einen roten Alfa Romeo fuhr. Sie nahm mich auf der Fähre nach Hakodate mit, lud mich dann zu einem netten Abendessen in einem Restaurant mit Blick auf die Lichter der Stadt ein und versuchte schließlich verzweifelt, mich in ein Hotel abzuschleppen.

Aber solche Zwischenfälle gehören beim Trampen einfach dazu, und sonst verlief meine Reise reibungslos. Am häufigsten hielten große Lastwagen für mich an. Diese Erfahrung hatte ich auch schon in vielen anderen Ländern gemacht. Lastwagenfahrer langweilen sich natürlich auf den langen Strecken, und das Mitnehmen eines ausländischen Anhalters ist eine willkommene Abwechslung. Es ist unterhaltsam, aus erster Hand etwas über fremde Länder zu erfahren, und es bietet sich auch die Möglichkeit, kostenlos ausländische Zigaretten zu bekommen. Da Lastwagen in der Regel große Entfernungen am Stück zurücklegen, kam ich gut voran. Mit anderen Worten, beide Seiten profitierten davon. Neben dem Fahrer zu sitzen und von meinem erhöhten Sitz aus die atemberaubende Landschaft von Hokkaidō zu beobachten, war ein berauschendes Erlebnis. Ich verbrachte fast einen Monat damit, das Kushiro-Sumpfgebiet, die Shiretoko-Halbinsel, den Kussharo-See, die Stadt Wakkanai und den Daisetsuzan-Nationalpark zu erkunden. Mein

Zelt habe ich an den unterschiedlichsten Orten aufgeschlagen. Da das Rasieren unterwegs lästig wurde, beschloss ich, mir einen Bart wachsen zu lassen.

KAPITEL ZWEI

Als ich einen Monat später zurückkehrte, schien die Stadt Kyōto viel von ihrem Charme verloren zu haben. Die Luft Anfang September war unangenehm heiß und schwül. Aber das war wohl nicht die einzige Ursache für die Veränderung, die ich empfand. Es war, als ob die Stadt mir ein vollkommen anderes, unbekanntes Gesicht zeigte.

Da ich nicht herausfinden konnte, ob sich die Stadt tatsächlich verändert hatte oder ob meine Gefühle meine Wahrnehmung veränderten, beschloss ich, Steevie abzuholen. Während meines Aufenthaltes in Hokkaidō hatte sich ein Freund aus der Abteilung für englische Literatur um ihn gekümmert.

Dieser Freund wohnte direkt hinter der Universität. Seine Wohnung befand sich im zweiten Stock eines *Sentō* und hatte den typischen Geruch eines Badehauses. Obwohl er etwa eine Stunde Fußweg von meiner Unterkunft entfernt wohnte, entschied ich mich für einen Spaziergang. Als ich dem Shirakawa-Fluss in Richtung des Heian-jingū-Schreins folgte, bemerkte ich ganze Wolken von Insekten über der Wasseroberfläche. In der Ferne stand ein Reiher wie erstarrt mit seinen dünnen Beinen im seichten Wasser. Vielleicht erzeugte die drückende Hitze der Stadt bizarre Luftspiegelungen. Das riesige Tor zum Heian-jingū-Schrein stand in der Nachmittagssonne, es glühte hellrot, als ob es mit wuchtiger Verzweiflung eine Gottheit um das Verschwinden der unerträglichen Hitze anflehte.

Doch der Spaziergang in der schwülen Nachmittagsluft lohnte sich: Während ich mich dahinschleppte, wurde mir langsam klar, woher meine negativen Gefühle gegenüber meiner Umgebung kamen.

Es war das Problem, das ich mit dem Leben in der Stadt hatte.

Das ganze Jahr über besuchten Horden von Touristen aus Japan und der ganzen Welt Kyōto. Da waren diese dummen japanischen Studenten, die sich einfach nicht zurückhalten konnten und „Hey, *gaijin*! *Harō*! *Harō*!" plärrten. Es gab dickliche Amerikaner in kurzen Hosen und knalligen T-Shirts. Und da waren japanische Männer mittleren Alters mit schicken Kameras auf Stativen, die versuchten, das *perfekte* Kyōto-Foto zu schießen. Ins Auge fielen mir auch junge Paare, die tagsüber die Sehenswürdigkeiten besichtigten und die Nacht in den *Liebeshotels* des Keage-Viertels verbrachten. Alle möglichen Leute kamen mit den unterschiedlichsten Erwartungen nach Kyōto. Diese Schüler auf Klassenfahrt, Weltreisende und Verliebte, die es eigentlich nicht sein dürften, bewunderten alle auf ihre Weise die Tempel, Schreine, Gebäude und Orte, die noch etwas von ihrer früheren Pracht bewahrt hatten.

Doch wenn man die gesamte Anlage der Stadt betrachtete, herrschte einfach nur Chaos vor. Der dichte Dschungel von Telefonmasten erinnerte an die Landschaft der Vereinigten Staaten in Zeiten des Wilden Westens. Wohin man auch blickte, die Anordnung der Gebäude war beklagenswert unharmonisch. Man sah zum Beispiel ein alteingesessenes Antiquitätengeschäft zwischen einem Pachinko-Salon und einem Karaoke-Laden. Holzhäuser, Betonbauten und Wohnhäuser aller Art und Größe standen unbekümmert nebeneinander. Manches wirkte geradezu grotesk. Der Vergleich mit den majestätischen und ehrfurchtgebietenden Landschaften von Hokkaidō verstärkte diesen Eindruck nur noch.

Es ist nicht so, dass ich Unordnung oder Verwirrung gehasst hätte. Wenn ich die Wahl hatte, zog ich ein gewisses Maß an Chaos vor. Aber Chaos sollte Energie erzeugen. Und an diesem frühen Nachmittag im September wirkte Kyōto seltsam träge, seine zwölfhundertjährige Geschichte war – so empfand ich es – an einem unerträglichen Stillstand angelangt.

Steevie begrüßte mich mit einem Blick, der *völlige* Gleichgültigkeit gegenüber dem Problem, ausdrückte. Die Hitze hatte ihren Tribut gefordert, er hatte abgenommen. Er hatte einen mürrischen Gesichtsausdruck, der auch seinen Ärger darüber verriet, dass er einem völlig Fremden überlassen worden war, der nicht einmal einen Ventilator oder eine Klimaanlage besaß. Mein Freund hingegen konnte seine Erleichterung nicht verbergen. „Ich liebe Tiere," sagte er, „aber ein Kaninchen in diesem kleinen Zimmer zu versorgen, ist wirklich mühsam. Mein Vermieter wollte mich schon rausschmeißen."

„Das tut mir leid," sagte ich, wobei man sicher sah, dass mein Lächeln nicht echt war. Ich überreichte ihm das Souvenir-T-Shirt, das ich in Hokkaidō gekauft hatte. „Ich bin dir was schuldig." Dann nahm ich die Kiste mit meinem aufgeregten Kaninchen, bestieg das Taxi, das mein Freund für mich gerufen hatte, und fuhr nach Hause.

Mein Plan war, den Rest der Sommerpause in meinem Zimmer zu verbringen. Ich schob das Fenster auf, fütterte Steevie, gab ihm Wasser und nahm zum ersten Mal seit langem wieder ein Buch aus dem Regal. Es waren die *Gesammelten Werke von Tayama Katai*. Ich schlug wahllos eine Seite auf und begann *Ippeisotsu no Jūsatsu* (Ein erschossener Soldat) zu lesen, einen Roman aus dem Jahr 1917.

Ich saß vor dem Fenster, die Nachmittagssonne schien mir auf den Rücken und ich las die Geschichte vom einsamen und erbärmlichen Tod des jungen Soldaten. Als ich so las, passierte etwas Merkwürdiges – ich spürte eine ganz leichte Veränderung meiner Gefühle, die nichts mit dem Inhalt des Buches zu tun hatte. Während ich in Tayamas Geschichte eintauchte, spürte ich immer mehr Kyōkos Anwesenheit, die sich über mir niederließ, wie ein Schmetterling, der sich sanft auf eine Blume setzt.

Für die Lektüre des Romans brauchte ich ungefähr drei Stunden. Die Nachmittagssonne stand schon tief, aber es war immer noch ziemlich heiß. Ich schloss das Fenster, stellte die *Gesammelten Werke von Tayama Katai* zurück ins Bücherregal und ging nach draußen. Aus irgendeinem mysteriösen Grund hatte ich das starke Verlangen, einen Spaziergang in die Gegend zu machen, in der Kyōko wohnte.

Als ich durch die abendlichen Straßen schlenderte, wehte eine kühle Brise. Der Spaziergang tat mir gut. Nach etwa fünfzehn Minuten näherte ich mich dem gewundenen Hügel, der zu dem Tor mit dem Strohdach führte. Plötzlich erschien eine Frau, die einen Kimono trug. Es war Kyōkos Mutter. Ich war nicht sehr überrascht, sie zu sehen, war sie doch eine der beiden Frauen, die ich zu treffen gehofft hatte. Genauer gesagt, in dem Augenblick, in dem ich sie erblickte, war mir klar, warum ich dort war.

„Guten Abend. Lange nicht gesehen."

„Oh, Mann! Guten Abend! Ja, das ist lange her! Und Sie haben jetzt einen Bart! Sie sehen ganz anders aus, ich habe Sie kaum wiedererkannt. Seit wann sind Sie zurück?"

Nachdem sie einen Moment um Fassung gerungen hatte, war sie wieder wie früher und begrüßte mich mit derselben mir bekannten warmen Stimme.

„Den Bart habe ich mir in Hokkaidō wachsen lassen. Ich bin vorgestern zurückgekehrt, mache gerade einen Spaziergang und wollte kurz vorbeikommen und Hallo sagen." Aus irgendeinem Grund war ich schrecklich nervös, und meine Erklärung hatte den förmlichen Ton eines Referates, das man an der Universität hält.

„Nun, dann gehen Sie doch auf einen Sprung hinein. Ich bin sicher, Kyōko würde sich sehr freuen. Ich gehe jetzt einkaufen, gehen Sie einfach alleine hin."

Sie wendete sich wieder in Richtung der Shirakawa-dōri-Straße, und ich begann, den kleinen Hügel in der entgegengesetzten Richtung zu erklimmen. Doch plötzlich rief sie meinen Namen, also drehte ich mich um.

„Wenn Sie noch nichts gegessen haben, bleiben Sie doch und essen Sie mit uns zu Abend. Wir würden gerne etwas über Ihre Reise nach Hokkaidō erfahren."

Eine halbe Stunde später traten wir durch das kleine Tor mit dem Strohdach, beide mit Lebensmitteln in der Hand.

Kyōko saß auf der Veranda und trug ein dunkelblaues Tanktop und einen kurzen Rock, wie es sich für den Sommer gehört. Es war das erste Mal, dass ich ihre Beine sah. Sie waren schlank und einladend. Im Wohnzimmer lief „Morning Moonlight", ein Liebeslied von den Southern All Stars. Titel und Tageszeit passten nicht zusammen, aber die Melodie verkörperte die Situation perfekt; man hätte meinen konnte, sie sei speziell für diesen Augenblick komponiert worden. Ein beruhigendes Lüftchen umwehte sie. Kyōko schien diese Brise sehr zu genießen, sie sah jedenfalls richtig erfrischt aus. Offenbar hatte sie das Geräusch unserer Schritte auf dem Kies aufgeschnappt und drehte sich zu uns um.

„Mutter, wer ist es?"

Ich näherte mich unbeholfen, immer noch mit den Einkäufen in der Hand. Kyōko drehte sich leicht in meine Richtung.

„Kyōko, wir haben uns lange nicht gesehen. Wie ist es dir ergangen?"

Sie muss meine Stimme erkannt haben, aber sie sagte kein Wort. Stattdessen strich sie langsam und bedächtig die Haarsträhnen zurück, die ihr ins Gesicht geweht worden waren, und blieb dann ganz still. Ein mir unbekanntes Lied setzte ein.

„Es war ein extrem heißer und schwüler Sommer," sagte sie und klang dabei wie eine Grundschullehrerin, die mit einem Schüler schimpft. „Es ist höchst unangebracht, dass du erst zurückkehrst, wenn es endlich kühler wird. Du wirst die japanische Kultur nie richtig verstehen, wenn du den Sommer in Kyōto nicht erlebst." Dann streckte sie ihre Hand aus und lächelte. „Aber ich verzeihe dir. Willkommen zurück."

Es war das erste Mal, dass sie versuchte, mir die Hand zu geben. Ich nahm ihre Hand, wobei ich darauf achten musste, die Einkäufe nicht fallen zu lassen.

„Es ist immer noch heiß genug, um einen guten Eindruck von der japanischen Kultur zu bekommen," sagte ich und lachte.

Wir aßen zu dritt in dem kleinen Wohnzimmer. Draußen war es dunkel, und wir konnten den Garten nicht sehen. Auf dem „nackten" *Kotatsu*, der nun keine Steppdecke mehr hatte, standen Bierdosen und verschiedene Teller mit Essen. Aus der Ecke drang der Geruch einer brennenden Mückenspule herüber. Kyōko, die eine rotbraune Strickjacke über ihrem Tanktop trug, fühlte sich offensichtlich sehr wohl.

Ich war überrascht, wie geschickt sie mit ihren Stäbchen umging. Sie berührte mit den Enden den Rand des Tellers, lokalisierte die Position des Essens und führte dann mühelos jeden Bissen zum Mund. Eine solche Geschicklichkeit war wahrscheinlich ganz normal, aber ich war beeindruckt.

„Kyōko, gibt es etwas, das du nicht mit Stäbchen essen kannst?“

„Ich kann mit den meisten Speisen gut umgehen, außer vielleicht …“ Sie legte ihre Stäbchen ab und dachte über die Frage nach. „Ich glaube, Fisch mit vielen Gräten bereitet mir die meisten Schwierigkeiten. Und auch Krabben. Alle Leute brauchen unheimlich lange, um Krabben zu essen, nicht wahr? Aber ich brauche etwa dreimal so lange wie der Durchschnitt. Wenn wir essen gehen, bin ich für alle eine Last.“

Während wir aßen, erzählte ich von meiner Reise nach Hokkaidō. Kyōko schien jedoch nicht sehr interessiert zu sein. Was sie faszinierte, war mein Bart, und alle ihre Fragen drehten sich um ihn. Also erzählte ich ihr alles darüber, wie ich ihn wachsen ließ – es gab da allerdings nicht viel zu erklären.

Als ihre Mutter den Tisch abräumte und den Raum verließ, stützte Kyōko ihre Ellbogen auf die Kotatsu-Tischplatte und lehnte sich vor.

„Weißt du, ich habe noch nie den Bart eines Mannes angefasst,“ sagte sie in einem schelmischen Tonfall. „Würde es dir etwas ausmachen, wenn ich deinen mal anfasse?“

„Das kannst du gerne machen. Diese Woche bieten wir eine spezielle kostenlose Testphase für das Berühren von Bärten an. Beeilen Sie sich! Beeilen Sie sich und fassen Sie so viel an, wie Sie wollen,“ sagte ich und ahmte dabei das Anpreisen von Sonderangeboten nach, die man oft in Supermärkten hört.

„Dein eigenartiger Sinn für Humor hat sich nicht verändert,“ sagte sie lächelnd. Dann neigte sie ihren Kopf leicht zur Seite, streckte ihre Hand aus und suchte zögernd mein Gesicht. „Tut mir leid, alle sagen, ich sei einfach zu neugierig.“

„Allerdings.“

Ich nahm ihre Hand und drückte sie sanft gegen meinen Bart. Sie strich mit dem Handrücken darüber. Leicht stirnrunzelnd und mit nach unten gerichtetem Kopf konzentrierte sie sich auf das Gefühl. Als ich ihren affektierten Gesichtsausdruck sah, konnte ich mir ein Lachen nicht verkneifen.

„Nicht bewegen,“ sagte sie und nahm mein Kinn in die Hand, um mich daran zu hindern, mich zu bewegen.

Die Art und Weise, wie sie über meinen Bart strich, änderte sich auf subtile Weise: Die Bewegung ihrer schlanken Finger wurde sanfter, und ihr Gesicht mit den halb geschlossenen Augen näherte sich meinem. Ich wurde nervös, was immer passiert, wenn sich das Gesicht einer Frau dem meinen nähert. Ihre vollen, wohlgeformten Lippen waren viel zu nah. Sie sagte kein Wort, und ich sagte auch nichts. Das nächste, an das ich mich erinnere, ist, dass sich ihre Hand nicht mehr bewegte.

Für einen Augenblick kam die Zeit zum Stillstand.

In diesem Augenblick küsste ich sanft ihre Lippen, ohne mir bewusst zu sein, was ich da tat. Ihre Hand war immer noch an meinem Gesicht. Unsere Lippen hatten sich nur leicht berührt, und das auch nur für den Bruchteil einer Sekunde. Ich konnte es nicht glauben. Dennoch blieb ein deutlicher Nachgeschmack auf meinen Lippen zurück, und es gab keinen Zweifel, dass wir tatsächlich einen flüchtigen Kuss ausgetauscht hatten.

Sie wich etwa zwei Zentimeter zurück.

„Gehört das auch zum kostenlosen Sonderangebot?“, fragte sie lächelnd. Ihr Atem war warm und roch nach schaumigem Bier.

Ich wollte etwas Witziges sagen, aber mir fiel nichts ein. In diesem Moment hörte ich die Schritte von Kyōkos Mutter, die aus der Küche kam.

„Hier regt sich ja gar nichts,“ sagte sie. „Ich habe Wassermelone zum Nachtisch mitgebracht. „Ihre klare Stimme ließ den Kuss noch unwirklicher erscheinen.

Während wir das frische Obst aßen, tat Kyōko so, als sei nichts geschehen. Ich versuchte, mich irgendwie zusammenzureißen und aß schweigend meine Wassermelone. Als wir fertig waren, sammelte Kyōkos Mutter die Schalen zusammen, legte sie auf einen Teller, stand auf und ging zurück in die Küche.

Als wir wieder allein waren, tastete Kyōko nach dem Kassettenrekorder und drückte auf die Play-Taste. Wir hörten ein Lied der Southern All Stars, das ich nicht kannte. Während sie zur Musik sang, zog sie ein Gummiband aus der Tasche ihres Pullovers und band ihr Haar zu einem Pferdeschwanz zurück. Sie hatte eine bezaubernde Stimme.

Ich wollte sie wieder küssen. Was hatte der erste Kuss zu bedeuten? Ich war ganz durcheinander. Ein erneuter Kuss hätte vielleicht wertvolle Informationen geliefert, aber die Stimmung schien nicht dazu angetan zu sein, dort weiterzumachen, wo wir aufgehört hatten.

„Du hast eine wirklich gute Stimme, Kyōko,“ sagte ich stattdessen und gab den Gedanken an einen Kuss auf. „Singst du gerne so?“

Sie nickte. „Als ich in Tōkyō lebte, ging ich mit meinen Freunden aus der Schreibgruppe zum Karaoke. Ich kann den Bildschirm nicht sehen, also muss ich die Texte auswendig lernen. Aber ich glaube, ich habe ein gewisses Talent.“ Sie war offensichtlich ein bisschen stolz auf sich.

„Auf jeden Fall,“ sagte ich und dachte an die Beatles-Bar, in der meine Freunde und ich oft waren. „Hey, es gibt ein kleine Karaoke-

Lokal in Kiyamachi, in das ich ab und zu gehe. Hast du Lust, das nächste Mal mitzukommen?"

„Klar, gerne," sagte sie.

Später am Abend verließ ich Kyōkos Haus und spazierte nach Hause, so wie ich gekommen war. Als ich zurückkam, hatte das *Sentō* bereits geschlossen, aber das machte mir nichts aus.

Der September war ein besonders heißer Monat. In den folgenden Tagen kehrten die anderen Studenten, die im Internat gewohnt hatten, nach und nach zurück. Es wurde wieder laut – und in kürzester Zeit machten sich im Haus wieder Dreck und Chaos breit. Ein Student aus dem Erdgeschoss erzählte mir, er sei in den Sommerferien nach China gefahren. In jenem Herbst verbrachte er fast jeden Tag damit, laut und entschlossen an seiner chinesischen Aussprache zu arbeiten – bei halb geöffnetem Fenster.

Der Typ, der direkt unter mir wohnte, hatte im Sommer eine Freundin gefunden. Ich habe sie nie richtig kennen gelernt, obwohl sie fast jeden Tag in sein Zimmer kam. Abends konnte ich manchmal ihr Gespräch durch den dünnen Fußboden hören. Mit der Zeit wurde das Geplauder jedoch seltener und wurde durch ziemlich eindeutige Stöhngeräusche ersetzt. Es gibt viele Menschen auf der Welt, und man kann die Sommerferien ja auf verschiedenste Weise verbringen.

Auf dem Gelände der Unterkunft befand sich ein altes, traditionelles Kura-Lagerhaus. Als die Gruppe von Studenten, die dort wohnte, zurückkehrte, wurde der kleine Raum im zweiten Stock wieder zum Treffpunkt für ein paar schmuddelig aussehende Typen. Offenbar bestand ihr einziges Vergnügen im Leben darin, bis zum Morgengrauen Mah-Jongg zu spielen. Es ist ja schön und gut, dass verschiedene Menschen ihren Spaß an verschiedenen Aktivitäten haben. Aber ich persönlich hatte mehr Mitgefühl für den Kerl, der eine intime Beziehung zu einer mysteriösen Freundin hatte, als für diese Typen, die in einem winzigen Raum eingepfercht waren, Tag und Nacht Mah-Jongg spielten und dabei Zigaretten pafften.

Eines Tages stand ich ganz früh auf, wusch mir das Gesicht und zog sofort los.

Ich betrat den Mister-Donut-Laden an der Ecke Sanjō-dōri und Higashiōji-dōri-Allee und bestellte ganz spontan Kaffee, Orangensaft, einen Twist, zwei Honey Dips und einen Sugar Raised Donut. Obwohl ich meine Bestellung auf Japanisch abgegeben hatte, murmelte das Mädchen an der Theke in gestelztem Englisch: „Nehmen Sie die bestellten Artikel mit, oder essen Sie hier?" Etwas verärgert erwiderte ich: *„Tennai de tabemasu,"* ich werde hier essen.

Während ich auf meinen Donuts herumkaute, blätterte ich in meinem Notizbuch. Bald würde ich einige wichtige Referate halten müssen. Ich fand folgende Notizen:

-Übersicht über die moderne chinesische Literatur
Diskutieren Sie den Pro-Amerikanismus in den Kurzgeschichten von Lao She
-Besondere Themen 4
Nennen und analysieren Sie die Unterschiede zwischen dem Originalmanuskript, der Standardausgabe und der überarbeiteten Ausgabe von Shimazaki Tôsons *Yoakemae* (Vor der Morgendämmerung)
-Seminar über moderne Literatur
Verfolgen Sie die Unvermeidbarkeit der Tragödie von Takeo und Namiko in Tokutomi Rokas *Hototogisu* (Der Kuckuck)

Diese abrupte Konfrontation mit der Realität war beunruhigend. In leichter Panik klappte ich mein Notizbuch zu. Der Kaffee auf dem Boden der Tasse war so verlockend wie eine Pfütze auf einem Sommergletscher. Ich steckte das Notizbuch zurück in meine Tasche und ging.

Die Morgenluft war immer noch ungewöhnlich heiß und erinnerte mich an Kyōkos Bemerkung, Kyōto sei kühler geworden. Ich sehnte mich danach, sie zu sehen. Da mir aber keine überzeugende Ausrede einfiel, schwang ich mich auf meinen Roller und fuhr stattdessen zur Universität.

Ohne Studenten schien der Campus so verlassen wie ein Baseballstadion in der Nebensaison. Auch in der *Dejima* war niemand, also ging ich in den Seminarraum, der sich im obersten Stockwerk eines anderen Gebäudes befand. Der Raum hatte einen großen quadratischen Tisch, der von zahlreichen Bücherregalen umgeben war. Ich öffnete das große, nach Norden gerichtete Fenster und ließ die kühle Luft in den Raum strömen.

Als erstes ging ich zu den Regalen mit moderner Literatur im hinteren Teil und fand ein Exemplar von Tokutomi Rokas *Der Kuckuck*. Das dünne Iwanami-Taschenbuch fühlte sich in meinen Händen verlockend an. Ich dachte, ich könnte es in drei Tagen durchlesen.

Nachdem ich die ersten Zeilen gelesen hatte, war mein Vertrauen jedoch erschüttert. Der Stil war unglaublich schwierig, und ich seufzte schwer.

Ich schaute aus dem Fenster. Der weite Himmel war schwindelerregend blau und verlockend transparent. Ich dachte über die unendlichen, stockdunklen Weiten des Universums nach, die sich dahinter erstreckten. Dann schlug ich wieder mein Notizbuch auf und sah nach, wie viel Zeit ich noch bis zu den Referaten hatte. Noch fast drei Wochen. Kein Grund zur Panik. Erleichtert schaute ich wieder nach draußen.

Warum sieht der Himmel blau aus, obwohl der Weltraum stockdunkel ist? In der Grundschule hatte ich sicher eine rudimentäre Erklärung erhalten. Aber damals, wie auch heute, hatte ich ja die ganze Zeit aus dem Fenster geschaut, wahrscheinlich also nichts mitbekommen. Es gibt widersprüchliche Augenblicke im Leben, in denen unser Handeln und unsere Wünsche nicht zusammenpassen.

Am Ende verbrachte ich den ganzen Tag mit Nichtstun.

Ich wollte Kyōko so dringend sehen, dass mein Verlangen mir jede Fähigkeit zur Konzentration raubte. Als ich später am Abend in meine Studentenbude zurückkehrte, rief ich sie an, aber ganz unerwartet war es Kyōkos Mutter, die den Hörer abnahm.

„Kyōko ist in die Stadt gefahren. Sie sagte, sie würde nicht vor neun zurück sein."

Ihre Stimme hatte ihren üblichen jugendlichen Klang. Aber ich war enttäuscht, dass Kyōko nicht zu Hause war.

„Soll ich sie bitten, Sie anzurufen, wenn sie zurückkommt?", fragte sie und klang wohl wegen meines auffälligen Schweigens etwas misstrauisch.

„Äh, ja, bitte," antwortete ich nervös.

Als ich auflegte, merkte ich, dass ich Hunger hatte. Ich hatte den ganzen Tag noch nichts gegessen, abgesehen von den Donuts am frühen Morgen. Da ich befürchtete, dass Kyōko anrufen könnte, beschloss ich, die Nachricht auf dem Anrufbeantworter zu ändern, bevor ich wegging. In der Annahme, dass sie anrufen würde, legte ich Janet Kays „Lovin' You" als Hintergrundmusik auf und nahm eine kurze Nachricht auf: „Heute Abend esse ich *Miso-Champon* und *Gyōza* zum Abendessen. Ich sollte in einer Stunde zurück sein, also versuchen Sie es bitte noch einmal."

Ich aß oft in einem kleinen chinesischen Restaurant namens Sanpō Hanten, das sich in der Nähe der Pension befand. Neben Szechuan-Garnelen in Chilisauce, würzigem Hackfleisch und Tofu, süß-saurem Schweinefleisch und den anderen üblichen Gerichten, die chinesische Lokale überall in Japan anbieten, gab es im Sanpō Hanten auch das etwas ungewöhnliche *Miso-Champon*. Dabei handelt es sich um eine

Rāmen-Suppe mit *Misogeschmack* und dicken Nudeln, die mit Gemüse, Garnelen und Tintenfisch gefüllt sind.

Ein extragroßer *Miso-Champon*, Gyōza-Knödel und ein Bier – sicher nicht sehr gesund, aber das aß ich dort am liebsten. Den dampfend heißen *Champon* so schnell zu verschlingen, dass ich Gefahr lief, mir den Mund zu verbrühen, und ihn dann mit einem großen Schluck Bier hinunterzuspülen, verschaffte mir immer ein ungeheures Gefühl der Zufriedenheit.

Im hinteren Teil des Ladens stand eine riesige Klimaanlage, die von einer dicken Öl- und Staubschicht überzogen war. Sie war so alt, dass man versucht war, ein Schild mit der Aufschrift „Sonderausstellung: frühes Elektrogerät der Nachkriegszeit" anzubringen. „Über dem Gerät befand sich ein kleiner roter Fernseher, auf dem gerade eine Varietéshow lief, als ich mit dem Essen begann. Ich sah sie mir an, während ich meinen *Miso-Champon* schlürfte.

Wie vielen anderen ausländischen Studenten half mir das Fernsehen beim Lernen der japanischen Sprache Als Teil meiner Vorbereitungen auf die Aufnahmeprüfung hatte ich oft die Abendnachrichten gesehen. Es dauerte fast zwei Jahre, bis ich den schnell sprechenden Nachrichtensprechern im Wesentlichen folgen konnte.

Im Sanpō Hanten TV, das einen grauenhaften Empfang hatte, drehte eine berühmte Persönlichkeit nervös den Kopf hin und her und ließ den Hals knacken. Seine Geste erinnerte mich an die Balzrituale der Kakadus, die ich einmal tief im Dschungel von Sri Lanka gesehen hatte. Der Typ riss gerade wieder einen lahmen Witz, und das Fernsehpublikum und alle im Laden brachen in Gelächter aus.

Als ich in mein Zimmer zurückkehrte, blinkte die Lampe auf meinem Anrufbeantworter fröhlich. Mit leicht klopfendem Herzen drückte ich auf die Abspieltaste.

„Hallo, hier ist Kyōko. Ich habe noch nie von *Miso-Champon* gehört. Willst du mich veräppeln? Das nächste Mal musst du mich mitnehmen. Ich bleibe heute lange auf, also ruf mich an, wenn du kommst."

Sobald die Nachricht zu Ende war, wählte ich ihre Nummer. Sie nahm sofort ab. Ohne das geringste Zögern sagte ich: „Das mit dem *Miso-Champon* war kein Scherz. Ich habe gerade eben eine Schüssel zum Abendessen verputzt."

„Ist das wahr? Es gibt sie also doch," antwortete sie beeindruckt.

„Sicher! Hey, warum warst du noch so spät unterwegs?"

„Mit Freunden in Teramachi etwas trinken." Sie sprach angestrengt, so als ob sie Probleme hätte, sich zu artikulieren.

„Trinken? Trinkst du etwa Alkohol?", fragte ich erstaunt.

„Ist daran etwas auszusetzen?“, antwortete sie leicht schmollend.
„Nein, nichts. Überhaupt nichts.“
Es entstand eine kurze Pause.
„Ich bin ich schon ein bisschen beschwipst, also bitte keine komplizierten Gespräche.“
Ich versuchte, sie mir in einem betrunkenen Zustand vorzustellen, aber es gelang mir nicht.
„Mach dir keine Sorgen. Ich bin auch ein bisschen benebelt von dem *Miso-Champon* und dem Bier. Ich könnte gar nicht über etwas Kompliziertes reden, selbst wenn ich wollte.“
Es folgte eine Stille von etwa fünf Sekunden.
„Um die Wahrheit zu sagen… ich hatte gehofft… dich in diese Karaoke-Bar mitzunehmen. Die, von der ich dir erzählt habe. Hättest du Lust dazu?“
„Klar, gerne,“ antwortete sie und klang ganz begeistert.
„Wann wäre denn ein guter Zeitpunkt?“
„Ich habe heute zu viel getrunken, deshalb brauche ich morgen eine Pause. Wie wäre es mit Freitag?“
„Okay. Ich habe meinen Teilzeitjob noch nicht angefangen, also habe ich viel freie Zeit. Wann immer es dir passt.“
„Dann sagen wir Freitag. Ich weiß allerdings nicht, wo es ist, könntest du also hier vorbeikommen, damit wir zusammen hingehen können?“
„Klar doch. Ich komme am Freitag um sechs vorbei. Versuch, bis dahin nüchtern zu werden und wieder auf den Boden zu kommen.“
„Kein Problem. Ich habe fast vierzig Stunden Zeit, um mich vorzubereiten.“
Ich lächelte.
„Jetzt bin ich ganz erleichtert. Ich freue mich darauf, dich zu sehen, wenn es dir wieder gut geht. Dann sage ich wohl besser gute Nacht.“ Ich wollte eigentlich noch länger reden, aber ich wusste nicht, was ich sagen sollte, und so beschloss ich, das Gespräch hier zu beenden.
Kyōko sagte nichts.
„Hey, hallo? Ist irgendetwas nicht in Ordnung?“
„Nein, nichts. Überhaupt nichts… Gute Nacht.“
Sie klang tatsächlich irgendwie beschwipst. Ich lächelte und legte den Hörer auf.

Am Freitag regnete es den ganzen Tag über immer wieder leicht. Leider, könnte man sagen, doch als ich um sechs Uhr mit einem großen Regenschirm vor Kyōkos Haus stand, hatte es sich etwas abgekühlt. Kyōko erschien mit einem lila Haarband und einem Pferdeschwanz, genau wie an dem Tag, an dem ich sie zum ersten Mal gesehen hatte. Die Frisur, die ihren langen Hals und ihre zart geformten Ohren gut zur Geltung brachte, stand ihr gut. Ein Paar goldene Ohrringe baumelten an ihren Ohren, und sie trug Jeans. Über einem weißen T-Shirt mit einem großen Comic-Frosch trug sie eine dünne lilafarbene Strickjacke und eine teuer aussehende goldene Halskette.

„Sehe ich irgendwie seltsam aus?“, fragte sie besorgt.

„Ganz und gar nicht. Du siehst sehr elegant aus.“

„Es ist total schwer, Kleidung auszusuchen, wenn man die Farben nicht sehen kann.“

„Das kann ich mir vorstellen, aber dein Outfit steht dir sehr gut.“ Die Kombination aus Gold und Violett war wunderbar; ich machte ihr ein weiteres Kompliment.

Mir fiel auf, dass die Lichter ausgeschaltet waren, wodurch das Haus verlassen wirkte.

„Ist deine Mutter nicht zu Hause?“

„Nein,“ sagte Kyōko und schloss die Eingangstür ab. „Sie ist für ein paar Tage bei Verwandten in Tōkyō. Also keine Ausgangssperre, was mir ganz recht ist.“ Diese Bemerkung, obwohl lässig vorgetragen, wunderte mich; ich fragte mich, ob Kyōko sich jemals nach mehr Freiheit gesehnt hatte. Der Regen, der kurzzeitig aufgehört hatte, setzte wieder ein. Ich griff nach Kyōkos Arm und zog sie unter den Regenschirm.

Wir stiegen an der Sanjō-Kawaramachi-Kreuzung aus und gingen am Takasegawa-Fluss entlang Richtung Süden. Wie immer hielt Kyōko meinen Arm leicht oberhalb des Ellbogens und lief schräg hinter mir. Die Leute, die an uns vorbeikamen, drehten sich um und glotzten.

Schließlich gelangten wir in eine Gasse, die zur Kawaramachi-dōri-Straße führte, wo sich ein Okonomiyaki-Restaurant im japanischen Stil namens „Come Again“ befand. Dort gab es Pfannkuchen. Das Lokal war voll, und die heißen Grillplatten und Zigaretten sonderten so viel Rauch ab, dass man das Innere kaum sehen konnte. Ich hielt der Kellnerin zwei Finger hin und sagte: *„Futari desu,“* wir sind zwei Personen. Man wies uns Plätze an der Theke im hinteren Bereich zu.

Ich bestellte zwei große Krüge Bier vom Fass. Die Speisekarte bekam ich dann zusammen mit den Bieren.

„Jetzt haben wir was zu trinken, also möchte ich mit dir anstoßen,“ sagte ich und schob einen der Krüge vor Kyōko. Sie tastete nach dem Henkel und hob das Bier mühsam an.

„Auf was sollen wir trinken?“

„Weltfrieden ist ein bisschen banal, aber für den Moment reicht es.“

Ich stieß meinen Krug leicht gegen ihren.

„Auf den Weltfrieden!"

Wir tranken jeder einen großen Schluck und wischten uns fast gleichzeitig mit dem Handrücken den Schaum vom Mund. Danach bestellten wir ein *Negiyaki* mit grünen Zwiebeln und ein *Okonomiyaki* mit Krabben. Der Mann hinter dem Tresen trug Öl auf die heiße Platte vor uns auf und begann, die Zutaten mit zwei kleinen Spateln zu vermischen.

„Ich wollte schon immer in einem Okonomiyaki-Restaurant arbeiten," sagte ich und lehnte mich leicht an Kyōko an. „Es muss toll sein, vor so vielen Leuten zu kochen."

Sie drückte sich sanft gegen mich, und ich spürte die Rundung ihrer Schulter unter der Strickjacke.

„Du kannst kochen?", fragte sie.

Ich nahm noch einen Schluck Bier.

„Mach dich nicht über meine Kochkünste lustig."

„Und warum sollte ich mich nicht lustig machen?", fragte Kyōko und ahmte dabei meinen stümperhaften Kansai-Dialekt nach.

„Ich will nicht angeben, aber als ich in der Schule war, habe ich in den Sommerferien in einer *Auberge* in Südfrankreich gearbeitet."

„Was ist denn eine *Auberge*?" fragte Kyōko und wechselte plötzlich in den Dialekt einer Oberschülerin aus Yokohama.

„Es ist eine Art entspanntes Gourmet-Restaurant. Ich habe dort zwei Monate im Jahr gearbeitet und viel über das Kochen gelernt. Kochen zu können ist einfach super, und es ist auch total hilfreich. Alle Leute lieben doch gutes Essen, oder? Wenn man also kochen kann, findet man überall einen Job. Als ich auf einem Schiff um die Welt gereist bin, habe ich in der Küche gearbeitet."

„Du bist mit einem Schiff um die Welt gereist?", fragte Kyōko erstaunt.

„Genau. Ich bin in den Bergen aufgewachsen und wollte schon immer das Meer sehen. Ein Kapitän, den ich in diesem Restaurant in Frankreich kennengelernt hatte, hat mir einen Job angeboten, und dann hab' ich ein Jahr lang in seiner Crew gearbeitet. So bin ich dann zum ersten Mal nach Japan gekommen."

„Wow! So war das also?" Kyōko war anscheinend richtig beeindruckt.

Der Mann hinter dem Grill schob die *Negiyaki* und die *Okonomiyaki* mit seinen Spateln zu uns hin.

„Jetzt essen wir erst mal," sagte ich und schnitt mein *Okonomiyaki* mit meinem Spatel auf. Kyōko schnappte ihre hölzernen Waribashi-Einweg-Essstäbchen auseinander und begann so gekonnt zu essen wie bei dem Abendessen ein paar Tage zuvor. Die Art und Weise, wie sie mit den Stäbchen umging, fand ich immer wieder erstaunlich, egal wie oft ich sie sah.

„Wie wär's, wenn du uns mal was Schönes zum Abendessen machst?"

„Na ja, ich weiß nicht. Wenn ich so darüber nachdenke, habe ich nicht mehr viel gekocht, seit ich hier bin. Ich habe nicht viel Geld, und es ist schwierig, die richtigen Zutaten zu finden. Außerdem würdest du nicht wollen, dass ich in der Küche koche, in der ich wohne. Da würdest du dir mit Sicherheit eine Lebensmittelvergiftung holen."

„Tatsächlich?" Kyōko sah enttäuscht aus, aber einen Moment später hatte sie ein breites Lächeln im Gesicht. „Weißt du was? Warum kommst du nicht zu uns nach Hause und kochst?", schlug sie vor. „Unsere Küche ist tadellos sauber."

Wir aßen und tranken zügig, und sowohl unser *Okonomiyaki* als auch unser Bier waren im Nu weg. Kühle Tropfen rannen an der Seite unserer Becher herunter.

Es hatte aufgehört zu regnen, als wir gingen. Auf der anderen Straßenseite blinkte ein riesiges Neonschild mit der Aufschrift „Pink's Peep Show." Vor dem Club warb ein Mann mittleren Alters im Smoking um Kunden. Er warf uns einen misstrauischen Blick zu und wandte abrupt den Kopf in die andere Richtung. Offenbar wirkten wir auf die Leute in dieser Stadt etwas merkwürdig. Wenn ich allein war, fühlte ich mich angesichts solch unverhohlener Feindseligkeit unwohl, aber wenn ich mit Kyōko zusammen war, störte mich das irgendwie nicht.

Wir kamen in der Beatles-Bar an. Als wir die Holztür aufstießen, mixte der Besitzer hinter dem Tresen gerade einen Cocktail. Er bemerkte uns nicht, aber die vier Kunden, die bereits am Tresen saßen, richteten ihre Blicke sofort auf uns. Für den Bruchteil einer Sekunde verspürte ich den starken Drang, wegzulaufen. Zum Glück bemerkte der Besitzer die seltsame Stille und hob den Kopf.

„Entschuldigung, ich habe Sie nicht gesehen," sagte er und winkte uns herein. „Kommen Sie rein!"

Wir setzten uns auf zwei leere Plätze an der Wand. Als er bemerkte, wie ich das angebotene, frisch angefeuchtete Oshibori-Serviettenhandtuch nahm und es Kyōko in die Hand drückte, wurde ihm klar, dass sie blind war. Ein peinliches Schweigen lag in der Luft, als wir uns die Hände abtrockneten, aber ich sagte prompt und fröhlich: „Das ist meine Freundin Kyōko." Der Besitzer nahm sofort wieder seinen üblichen freundlichen Gesichtsausdruck an und verbeugte sich.

„Freut mich, Sie kennenzulernen. Ich bin der Herr Uehara. Schön, dass Sie gekommen sind."

Ich bestellte zwei Jack Daniels mit Eis, und wir stießen noch einmal an.

Nachdem wir eine Weile getrunken und geplaudert hatten, nahm ich das Mikrofon in die Hand und flüsterte Kyōko zu: „Mach dich auf was gefasst. Jetzt kommt mein Auftritt."

Als ich *Tombo* (The Dragonfly) zu singen begann, wurde es plötzlich still in der Bar, und alle starrten mich an. Aus den Augenwinkeln sah ich, wie ein Typ den Besitzer nach Informationen ausquetschte, aber ich sang weiter. Kyōko nippte an ihrem Whisky und hörte mit zur Seite geneigtem Kopf zu. Während ich sang, starrte ich auf ihr schön geformtes Ohr. Ich hatte den starken Wunsch, ihr eine Botschaft zu schicken. Aber ich wusste nicht, wie oder was genau, also starrte ich einfach auf ihr Ohr und sang weiter.

Als das Lied zu Ende war, brach in der Bar ein überschwänglicher Beifall aus. Der Mann, der in der Nähe auf einem Hocker saß, lehnte sich zu mir herüber und klopfte mir auf den Rücken. „Du bist absolut unglaublich! Total unglaublich! Nicht von dieser Welt!"

„Das habe ich dem Herrn Uehara zu verdanken," erklärte ich. „Er lässt mich hier üben, wann immer ich will." Aber der Mann hörte nicht zu. Er hatte sich bereits abgewandt, um auf jemand anderen einzureden.

„Echt unglaublich! Noch nie in meinem Leben habe ich einen Ausländer so singen hören! Unbeschreiblich! Japan hat sich wirklich verändert!"

Diese Bemerkung löste eine kaum hörbare Debatte über die Internationalisierung Japans aus. Die Debatte dauerte jedoch nicht lange, und als das nächste Lied begann, eilte der Mann, der mich gelobt hatte, davon, schnappte sich das Mikro und verlor sich bald in einem Enka-Lied, das ich nicht kannte. Da ich die melodramatische Sentimentalität dieser bei Männern mittleren Alters so beliebten schlagerartigen Lieder hasste, kannte ich so gut wie keine Enka.-Lieder.

Ich trank aus und bestellte noch einen Drink. Kyōko, das Kinn auf die Hand gestützt, schien zu dösen.

„Kyōko, geht es dir gut?", fragte ich und legte meine Hand auf ihren Arm. „Bist du etwa schon betrunken?"

„Ich hab' schon gedacht, du hast mich vergessen," sagte sie, als ob sie schmollte. Während ich noch um eine Antwort rang, fuhr sie fort: „Aber du hast wirklich gut gesungen. Ich bin beeindruckt." Dann stupste sie ihren Kopf, der immer noch in ihrer Hand ruhte, gegen meine Schulter.

„Danke."

Einen Moment lang lag ihr Kopf an meiner Schulter. Es war eine angenehme Schwere. Um genau zu sein fühlte sich Kyōkos Kopf genauso schwer an wie ich es erwartet hatte. Ein leichter Parfümduft, der sich mit dem Geruch von *Okonomiyaki* vermischte, wehte mir entgegen.

Kurz danach hatte der Mann sein Lied beendet, aber kaum jemand applaudierte.

„Bitte sehr, Kyōko," sagte der Besitzer und reichte ihr das Mikrofon. „Tut mir leid, dass du warten musstest." Ein weiteres Lied begann zu spielen.

Als sie zu singen begann, hörte der Betreiber der Bar auf, seine Biergläser abzutrocknen, und blieb mit halb offenem Mund wie angewurzelt stehen. Auch die Gäste wurden still und starrten in blankem Erstaunen in ihre Richtung. Mit halb geschlossenen Augen beschwor Kyōko ohne zu zögern oder überheblich zu wirken, das surrealistische Bild eines schönen Geheimnisses herauf.

Ihre sanft hervortretenden Brüste wogten unter der Goldkette, und der Frosch auf ihrer Brust bewegte sich mit jedem Atemzug. Ich rang nach Luft und sah sie gebannt an. Als sie fertig war, rührte sich keine Menschenseele, und eine gespannte Stille legte sich über die Bar. Hätte jemand genau in diesem Moment die Bar betreten, wäre er wahrscheinlich nie auf die Idee gekommen, dass es sich um eine Karaoke-Bar handelte.

Kyōko tastete nach dem Tresen und setzte das Mikrofon ab. Ein kreischendes, metallisches Geräusch kam aus den Lautsprechern. Als wäre das ein Signal gewesen, brach die Bar in tosenden Applaus aus. Kyōkos unbekümmerter Gesichtsausdruck verwandelte sich in einen liebenswerten Blick, der eine leichte Verwirrung verriet.

Als der Applaus abebbt, bestellte ein dicker Mann mittleren Alters mit lauter Stimme einen weiteren Whisky und Wasser. „Uehara, gib mir noch einen!", sagte er. „Der Gesang ist heute Abend so gut, dass ich schon nicht betrunken werde!"

Ein paar junge „Bürodamen" schoben ebenfalls ihre Gläser vor und riefen unisono: „Für uns auch noch einen!" Und dann schenkten uns die Kneipenbesucher keine Beachtung mehr und widmeten sich wieder ihren eigenen Gesprächen.

Wir hörten nun eine Zeitlang sanfte Beatles-Musik. Ich legte meine Hand sanft auf Kyōkos Unterarm.

„Nun bin ich derjenige, der beeindruckt ist, Kyōko," sagte ich, kaum in der Lage, meine Aufregung zu zügeln.

Sie legte ihre andere Hand auf meine und lächelte.

„Es ist unglaublich, dass du dir den Text eines so schwierigen Liedes merken kannst."

„Das ist eigentlich ganz einfach,“ sagte sie, und ihre Erklärung klang tatsächlich ganz einfach. „Wenn ich ein Lied höre, bleibt es normalerweise in meinem Kopf hängen.“

„Das ist alles, was es da zu sagen gibt?“

Sie wollte einen weiteren Schluck nehmen, aber ihr Glas war leer. Die kleinen schmelzenden Eiswürfel prallten gegen ihre Lippen. Im Hintergrund erklang „Anna (Go to Him)“ von den Beatles, was herrlich zu dem leisen Klirren der Eisklümpchen am Glas passte.

„Hey, ich hab' nichts mehr zu trinken,“ sagte Kyōko, die Eiswürfel noch immer an den Lippen.

„Darf ich Ihnen noch einen einschenken?“, fragte Herr Uehara geflissentlich.

„Ja, für mich auch noch einen,“ sagte sie und ahmte dabei den Ton der Bürodamen von vorhin nach.

„Anna (Go to Him)“ lief noch, als es plötzlich passierte. Wir sprachen über die Beatles, glaube ich, aber das ist eigentlich nicht wichtig. In der Aufregung des Gesprächs berührten sich unsere Hände leicht. Ich war unsicher und wollte meine Hand schon wegziehen, aber Kyōko verschränkte ihre Finger mit meinen. Sie ließ sie so liegen, während unser Gespräch weiterging, und streichelte gelegentlich sanft meine Hand mit den Fingerkuppen.

Die Musik, die Gespräche der Leute, das Klirren der Gläser – alles verschwamm und tauchte in einen Nebel ein. Ich weiß nicht, wie lange das Gefühl anhielt, aber als ich wieder bei Sinnen war, waren die Gäste am Nebentisch gerade beim Bezahlen. Auf dem Weg nach draußen warf der dicke Mann mittleren Alters, der das *Enka*-Lied gesungen hatte, einen Blick auf mich und murmelte dann sarkastisch: „Man muss sich wirklich fragen, wohin sich unser Land entwickelt.“

Die Bemerkung rüttelte mich zurück in die Realität. „Es geht nirgendwohin, du Furz,“ platzte ich heraus. Kyōko brach in Gelächter aus, und Whisky schwappte aus ihrem Glas heraus. Sie rückte wieder näher an mich heran und sagte: „Beachte ihn nicht. Er ist ein Relikt aus einer anderen Generation.“

Wir waren beide ziemlich betrunken, als wir gingen. Die Abendluft war belebend, und da es keine Anzeichen von Regen gab, beschlossen wir, ein Stück zu laufen. Kyōko legte ihren Arm unter meinen, und wir spazierten ohne viel zu sprechen nebeneinander her. Wir gingen durch die Pontochō-dōri-Straße, überquerten die Shijō-hashi-Brücke und kamen am Minamiza-Kabuki-Theater vorbei. Nachdem wir uns einen Weg durch das geschäftige Treiben auf der Hanamikōji-dōri-Straße gebahnt hatten, durchquerten wir das Gelände des Yasaka-jinja-Schreins und betraten den Maruyama-Park.

Es war keine Menschenseele zu sehen. Die herabhängenden Äste der berühmten Shidarezakura-Kirschbäume, die noch nass vom Regen waren, leuchteten im Licht der Projektoren, die sie beschienen. Wir überquerten die kleine gewölbte Steinbrücke, die sich über den nahen runden Teich spannte, und gelangten in das Innere des Parks. Es war sehr still. Selbst das Geräusch unserer Schritte auf dem Kiesweg wurde von der Stille verschluckt.

Nachdem wir ein ganzes Stück vorangekommen waren, fragte Kyōko mit leiser Stimme: „Sag mal, wo sind wir jetzt?"

„Oh, das tut mir leid. Ich habe vergessen zu erklären, wohin wir gehen. Wir sind im Maruyama-Park."

Unser Weg führte uns auf eine leichte Steigung, als Kyōko plötzlich vor mir stehen blieb.

„Ist da jemand?", flüsterte sie mir ins Ohr.

„Nein, niemand," antwortete ich.

Wir tauschten einen langen Kuss aus.

Es war alles genauso natürlich wie bei ihr zu Hause, aber sehr viel leidenschaftlicher. Der Regen, der jetzt wieder einsetzte, ließ unser Verlangen noch stärker werden. Ich wich einen Zentimeter von Kyōkos Lippen zurück und fragte mit heiserer Stimme: „Es regnet. Soll ich den Schirm aufspannen?" Vernünftiger aber auch dümmer kann eine Frage kaum sein.

„Wen kümmert schon der Regen!"

Begierig tastete sie wieder nach meinem Mund, und ich erwiderte ihren Kuss mit der gleichen wilden Leidenschaft. Im Handumdrehen waren wir völlig durchnässt. Leicht zitternd lehnte sich Kyōko an mich. Durch den durchfeuchteten, geschwollenen Frosch auf ihrer Brust konnte ich ihre Brüste spüren, die sich gegen meine Brust drückten. Ich hatte eine sehr starke Erektion… was sich in dem frühherbstlichen Regen irgendwie schön anfühlte.

Meine Lippen glitten langsam zu ihrem Nacken hinunter und ich knabberte sanft an ihren Ohrläppchen. Wie von selbst glitten meine Hände zwischen unsere Körper und umfassten ihre Brüste über den prallen Augen des Frosches. Ihr warmer Atem streifte mein Ohr, als sie mit angestrengter Stimme flüsterte: „Lass uns nach Hause gehen."

Nun öffnete ich den Schirm, und wir gingen den Weg zurück, den wir gekommen waren. Über einen schmalen, mit Laternen gesäumten Weg betraten wir den Yasaka-jinja-Schrein. Viele Menschen genossen einen Abendspaziergang in der Nähe des Schreins. Sie starrten uns misstrauisch an und fragten sich zweifellos, warum wir durchnässt waren wie streunende Hunde, obwohl wir einen Regenschirm hatten.

An der Higashiōji-dōri-Allee hielten wir ein MK-Taxi an.

Ich zögerte eine halbe Sekunde, dann sagte ich: „Nach Kurodani.“ Während der Fahrt warf der Fahrer immer wieder einen Blick in den Rückspiegel auf uns.

„Ein ganz schöner Wolkenbruch, was? Sie sollten sich besser schnell umziehen, sonst holen Sie sich eine schlimme Erkältung.“ Er klang wie ein alter Arzt, der eine unnötige, ganz offensichtliche Diagnose stellt.

Immer noch betrunken und in einem ekstatischen Zustand, hielten Kyōko und ich uns an den Händen. Der Sitzbezug war bald von unserer Kleidung durchnässt, aber das war uns gleich. Wir peitschten mit fantastischer Geschwindigkeit durch die regennassen Straßen von Kyōto.

Als wir Kyōkos Haus betraten, nahm sie meine Hand und führte mich zu einem Sechs-Matten-Tatami-Zimmer auf der linken Seite, offenbar ihr Zimmer. Es war stockdunkel, aber Kyōko machte kein Licht an.

„Warte hier kurz,“ sagte sie und machte sich auf den Weg.

Ich zog zweimal an der Einstellschnur des Lichts, und ein sanftes orangefarbenes Leuchten erfüllte den kleinen Raum.

Kyōko kam bald mit zwei großen Handtüchern zurück. Zu Hause konnte sie sich völlig frei bewegen, ohne sich zu stoßen. Sie setzte sich neben mich und sah aus, als ob sie einer riesigen Flutwelle ausgesetzt gewesen wäre. Ihr Körper glühte, so schön und verführerisch, dass ich kaum sprechen konnte.

„Kyōko,“ flüsterte ich schließlich. „Wir werden uns erkälten, wenn wir nichts machen.“

„Deshalb habe ich Handtücher mitgebracht!“ verkündete sie stolz und begann, ihre Strickjacke auszuziehen.

„Würdest du mich bitte abtrocknen?“ fragte sie in einem Tonfall, in dem man Streifenkarten für Bus und U-Bahn kauft.

Sie begann, sich Schicht für Schicht auszuziehen. Ich schnappte mir ein Handtuch und begann langsam, ihr Haar zu trocknen. Während ich das tat, zog sie sich weiter aus. Sie hatte eigentlich nicht viel an, aber es schien eine Ewigkeit zu dauern. Der Raum begann sich zu erwärmen. Das nächste, was ich weiß, ist, dass sie völlig nackt auf dem *Tatami* lag – sie trug nur noch die goldene Halskette und die Ohrringe. „Die Juwelen,“ der Titel eines Gedichts von Baudelaire, kam mir für einen Augenblick in den Sinn, aber ich war so überwältigt, dass ich mich an keine einzige Zeile zu erinnern konnte.

Kyōkos Atmung beschleunigte sich. Als ich ihren Körper abtrocknete, griff sie nach den Knöpfen meines Hemdes.

„Lass mich dich auch abtrocknen."

Im nächsten Moment lagen wir eng umschlungen da. Und dann, einfach so, haben wir uns auf dem *Tatami* geliebt.

Die Tatsache, dass Kyōko keine Jungfrau mehr war, überraschte und erleichterte mich. Wann und mit wem hatte sie intime Beziehungen gehabt? Das war mir ein Rätsel, aber ihr Keuchen, ihre Begierde und die lustvolle Art, wie sie meinen Kopf an ihre Brüste drückte, machten deutlich, dass sie wusste, was sie tat. Ich war versucht, mich nach ihrer Geschichte zu erkundigen, sagte aber nichts. Wir wurden eins in Körper und Seele, und bald waren wir schweißgebadet.

Wenig später schmiegte Kyōko ihr Gesicht unter meinen Arm und nieste ein wenig. „Ich hab' mich wohl doch erkältet," sagte sie mit einem kindlichen Kichern.

„Ich hol mal das Bettzeug."

Noch immer nackt, öffnete ich den Schrank, holte ein Futon-Bettsofa heraus und legte es neben Kyōko aus. Mit dem Ellbogen warf sie sich herum, landete auf den Futon, schlang dann ihre schlanken Arme um meinen Hals und zog mich auf sie.

Nachdem wir uns wieder geliebt hatten, rollte ich mich mit ausgestreckten Armen und Beinen auf dem *Tatami* zur Seite. Die Matten fühlten sich kühl und angenehm an. Ohne an etwas Bestimmtes zu denken, streichelte ich sie mit den Fingerkuppen. Im Gegensatz zu denen in meiner Studentenbude waren sie in perfektem Zustand. Plötzlich musste ich an Steevie denken und lachte auf.

„Was ist los?" fragte Kyōko und strich ihr langes Haar mit beiden Händen über dem Kissen zurück.

„Kyōko, es tut mir wirklich leid," sagte ich und begann, meine verstreuten Sachen aufzusammeln. „Aber Steevie ist wahrscheinlich ziemlich wütend, also denke ich, es ist sicherer, wenn ich jetzt gehe." Als ich angezogen war, flüsterte ich: „Bis bald," und gab Kyōko einen kleinen Kuss auf den Hals.

„Wer ist Steevie?", fragte sie mit leicht angeschlagener Stimme.

„Ich stell' ihn dir bald mal vor."

Als ich das kleine Haus verließ, wurde es schon hell. Schwache Lichtstrahlen fielen durch eine Lücke in den Wolken, die über den Higashiyama-Bergen hingen. Meine nasse Kleidung klebte an meinem Körper, aber das spürte ich nicht. Der frühe Morgenhimmel war kristallklar und schien anzudeuten, dass zahlreiche Wünsche und Pläne kurz vor der Verwirklichung stünden. Während ich weiterging, erinnerte ich mich an die Ereignisse des vergangenen Abends, an eines nach dem anderen. Was für eine Reihe von wunderbaren Überraschungen hatte es gegeben!

Mit Blick auf den Bergrücken des Higashiyama-Gebirges dachte ich über das Geschehene nach und machte mich auf den Heimweg.

Mitte September begann es, sich ein wenig wie Herbst anzufühlen. Mit dem langsamen Wechsel der Jahreszeit wurde auch das Universitätsleben hektischer. Um mein Arbeitspensum zu verringern, las ich Kyōko „Der Kuckuck“ vor. Gegen Ende der Geschichte, als klar wurde, dass Takeo und Namiko sich nie wiedersehen würden, unterbrach mich Kyōko.

„Dieser Typ macht mich wirklich wütend.“

„Wow, was ist denn los?“ fragte ich und hob überrascht den Kopf.

„Er *versucht* nicht einmal, sie zu beschützen. Weder vor der Gesellschaft, noch vor seiner eigenen Mutter. Wie soll ich es ausdrücken? Er wehrt sich nicht im Geringsten. Findest du das nicht erbärmlich? Er sollte seine Frau nicht im Stich lassen, egal, was andere Leute denken oder sagen. Er ist ein Feigling.“ Sie schien ernsthaft wütend zu sein.

Ich lächelte. „Ich verstehe, was du sagst, aber damals waren die Zeiten anders. Egal wie sehr er sie liebte, er hätte schon außerordentlich mutig sein müssen, um sich gegen den Rest der Welt zu stellen und eine tuberkulosekranke Ehefrau zu haben.“

Kyōko schwieg.

„Aber du hast recht, es ist ziemlich lächerlich, dass er sich nicht einmal aufregt – selbst nachdem seine Mutter ihn zur Scheidung gezwungen hat.“ Obwohl ich Takeo anfangs verteidigt hatte, merkte ich, dass ich selbst nicht überzeugt war und wechselte jetzt den Standpunkt.

Der Widerspruch entging Kyōko nicht. „Du wärst kein guter Anwalt,“ sagte sie und lachte.

„Du hast Recht. Anwalt werde ich nie. Und Literaturkritiker wohl auch nie.“

Kyōkos Mutter muss die Veränderung in unserer Beziehung bemerkt haben, aber sie sagte kein Wort. Selbst als meine Besuche in ihrem Haus, das nun in immer tiefere Herbsttöne gehüllt war, zum Alltag wurden, erwähnte sie nie etwas. Ganz im Gegenteil, sie empfing mich immer mit überwältigender Freundlichkeit.

Wir drei aßen oft gemeinsam in dem kleinen Wohnzimmer mit Blick auf den Garten. Für mich, der wegen des ungesunden Essens in der Mensa und im Sanpō Hanten ein Loch im Magen hatte, das so groß war wie der Krater des Fuji, waren diese gesunden Mahlzeiten ein Segen. Manchmal gingen wir in einen schicken Supermarkt in der Shirakawa-dōri-Straße – für meine Verhältnisse war er sehr schick – und besorgten die nötigen Zutaten für meine Lieblingsspeisen: Dinge, die man für die Küche der Provence braucht. Allerdings war es nicht einfach, mit den Stäbchen, Messern, Töpfen und Pfannen einer kleinen, ausschließlich für die japanische Küche konzipierten Küche französische Gerichte zuzubereiten. Man braucht eigentlich die richtigen Gegenstände, um richtig arbeiten zu können

Bei ihrem ersten Besuch in meiner Studentenbude war Kyōko sehr gerührt, da sie Steevie kennenlernte. Sie streichelte seinen kleinen Kopf, seine langen Ohren und seinen weichen Rücken und verschaffte sich so ein umfassendes Bild von seinem Aussehen. Während dieser Prozedur gaben Kyōko, Steevie und ich keinen Ton von uns, im Zimmer herrschte absolute Stille. Schließlich legte Kyōko ihre Hände wieder auf ihren Schoß.

„Er ist ein charmanter kleiner Kerl. Ich habe seit der Grundschule kein Kaninchen mehr gestreichelt, aber ich bin sicher, dass Steevie und ich gute Freunde werden. Wir verstehen uns." Sie sah äußerst zuversichtlich aus.

„Es ist ganz ungewöhnlich, dass er sich so gut benimmt. Normalerweise ist er Fremden gegenüber eher zurückhaltend. Ich glaube, er hat sich in dich verknallt."

„Glaubst du das?", sagte Kyōko lächelnd. Dann streichelte sie ihn wieder.

In meinem kleinen Zimmer im zweiten Stock verbrachten wir viel Zeit mit Reden und viel Zeit mit Sex. Für mich war der Sex mit Kyōko eine neue und wunderbare Erfahrung. Sie begann damit, dass sie mit ihren Lippen und Fingerkuppen über meinen ganzen Körper strich. Das war für sie wie ein Ritual und nahm außerordentlich viel Zeit in Anspruch. Leckend, riechend, knabbernd und berührend erkundete sie jeden Zentimeter meines Körpers, immer und immer wieder. Auf diese Weise berührt und untersucht zu werden, steigerte mein Verlangen ins Unendliche.

Wenn meine Begierde zu heftig wurde, nahm mich Kyōko sanft in die Arme. Als wir gemeinsam langsam zum Orgasmus kamen, veränderte sich ihr Gesichtsausdruck allmählich wie der Herbsthimmel. In diesen Augenblicken sah sie überirdisch glücklich aus. Ihr Glück zu sehen, erfüllte auch mich mit Glück. Meine tiefsten Bedürfnisse – das fühlte ich – wurden gestillt.

Eines Abends gab es ein Erdbeben, während wir miteinander schliefen. Wir merkten zunächst nichts, da es schwierig war, unsere eigenen Bewegungen von den Erschütterungen des Bebens zu unterscheiden. Ich war ein wenig erschrocken, als ich begriff, was vor sich ging.

„Hey, spürst du das? Ist das nicht gefährlich?", platzte ich heraus.

Kyōko schien gleichgültig.

„Mach dir keine Sorgen. Ignoriere es einfach," seufzte sie, während sie mich noch fester umarmte. „Reite einfach weiter auf der Welle."

Reite einfach weiter auf der Welle! Als wir uns wieder umarmten, musste ich daran denken, wie treffend dieser Ausdruck war. Es dauerte nicht lange, bis das Erdbeben vorbei war, aber in meinem Körper hallte es lange nach.

„In Japan hört man nicht oft von Leuten, die das bei Erdbeben machen, oder?", fragte ich.

„Das weiß ich nicht genau," antwortete sie, als hätte sie nicht ganz verstanden, was ich meinte.

„Denk mal zum Beispiel an Tōkyō. Da leben etwa dreizehn Millionen, richtig? Da das Alter der Menschen, die Sex haben, von… seien wir mal offen und sagen wir fünfzehn oder sechzehn… bis… ach, ich weiß nicht… Ich nehme an, dass man auch mit siebzig noch dabei ist. Grob geschätzt wäre das etwa die Hälfte der Bevölkerung, also mindestens sechs Millionen Menschen. Wenn wir dann davon ausgehen, dass etwa zehn Prozent zufällig in diese intensive körperliche Aktivität verwickelt waren – so wie wir -, dann sind das etwa sechshunderttausend. Und das nur in Tōkyō. Findest du es angesichts dieser Zahlen nicht seltsam, dass man so gut wie nie von solchen Dingen hört?"

Kyōko brach in Gelächter aus.

„Du kommst auf die seltsamsten Ideen." Ihr Lachen auf meiner Brust kitzelte mich. „Die Zahlen mögen ja stimmen, aber ich bezweifle, dass es viele Gelegenheiten gibt, ein solches Thema anzusprechen."

Nach dem Sex erkundete Kyōko meinen Körper noch einmal mit ihren Fingern. Doch ihre Berührungen waren nun weniger sinnlich und schienen eher darauf abzuzielen, sich die Form meines Gesichts und meines Körpers einzuprägen. Ihre Hände bewegten sich sanft, die Fingerkuppen strichen nur über die Oberfläche oder drückten gelegentlich nach unten, als ob sie die Form meiner Schultern oder meiner Brust messen wollte.

Der Herbst ging schnell vorbei. Es war der schönste Herbst, den ich in Japan verbrachte – und auch der letzte.

Kyōko und ich stiegen in einen Stadtbus und fuhren auf den sich schlängelnden Straßen Richtung Norden nach Ōhara. Als wir am Sanzen-in-Tempel ankamen, versuchten wir uns im *shakyō*, dem Abschreiben von Sutren mit der Hand. Um die Wahrheit zu sagen, war das keine leichte Aufgabe. Ich ließ Kyōko den Pinsel halten und nahm dann leicht ihre Hand in meine. Wir schrieben die Sutren aus, ein Kanji-Ideogramm nach dem anderen. Es war eine langwierige Arbeit. Die misstrauischen Blicke, die sich bei dieser ketzerischen Tätigkeit auf uns richteten, machten die Sache auch nicht gerade leichter.

Als wir fertig waren, schlenderten wir Arm in Arm durch das Tempelgelände.

„Ich liebe es, so mit dir zu gehen," sagte Kyōko und klammerte sich an meinen Arm. „Ich bin sicher, dass die Leute gar nicht merken, dass ich nicht sehen kann."

An sonnigen Tagen trug sie spielerisch eine knallige rosa-orangefarbene Sonnenbrille mit einer Schnur um den Hals. Sie sah toll damit aus, und solange sie nichts Ungewöhnliches tat, vermutete bestimmt niemand, dass sie blind war. Ihre Behinderung *zu verbergen,* wurde zu einer Art Spiel. Zum Beispiel zog sie eine kleine Kamera hervor, und dann sagte ich mit lauter Stimme: „Drück einfach auf den Knopf," und sie machte Fotos zum Klang meiner Stimme. Die entwickelten Fotos waren einzigartig.

Als wir den Sanzen'in-Tempel verließen, fiel das Sonnenlicht durch die Bäume und erzeugte einen orangefarbenen Schimmer, der sich auf die leuchtend roten Blätter legte, die den Kiesweg bedeckten.

„Ich möchte dich zu etwas Besonderem einladen," sagte ich und zog Kyōko am Arm in das kleine schicke Restaurant, an dem wir vorbeikamen.

Ich wählte den billigsten Gang auf der Speisekarte des *kaiseki-ryōri*, der raffinierten japanischen Küche, für die Kyōto berühmt war. Ein paar Mal studierte ich die Speisekarte, doch die Zutaten jedes einzelnen Gerichts blieben rätselhaft. Sie sich erklären zu lassen, erschien mir einfach zu mühsam, und so blieb mir nichts anderes übrig, als nach dem Preis zu wählen. Selbst das billigste Gericht kostete über fünfzehnhundert Yen pro Person.

„Kann sich ein Student so was leisten?!", fragte Kyōko erstaunt.

„Kein Problem," sagte ich und lachte sie aus. „Mein Teilzeitjob fängt morgen an, dann fließt das Geld."

Eine Frau mittleren Alters in einem Kimono trug die Kaiseki-Ryōri-Gerichte auf Tabletts herein.

„Für fünfzehntausend Yen gibt es nicht viel," berichtete ich Kyōko flüsternd.

Wir begannen mit dem Essen, aber dieses Mal konnte sich Kyōko nicht verstellen. Selbst jemand, der sehen kann, hätte es mit diesem Essen schwer gehabt, und Kyōko kämpfte heftig. Ich erklärte ihr mühsam die Form und die Position der einzelnen Speisen, und sie bemühte sich zurechtzukommen. Es war so anstrengend, dass wir das vorzügliche Essen gar nicht genießen konnten, und so waren wir beide ziemlich enttäuscht.

Als wir in Kurodani ankamen, war der Herbsthimmel bereits dunkel, und die Sterne funkelten. Auf dem schwach beleuchteten Kiesweg vor ihrem Haus zupfte sie an meinem Ärmel.

„Also, ich wollte dir schon lange sagen, dass ich mir im Sommer eine Arbeitsstelle in Tōkyō gesucht habe. Zurzeit habe ich ja einen ganz sorglosen Lebensstil, der mir auch gut gefällt, und ich brauche auch eigentlich das Geld nicht, aber ich kann nicht mein ganzes Leben mit Nichtstun verbringen, oder? Bald werde ich mich für einen Beruf entscheiden müssen. Ich habe nicht allzu viele Möglichkeiten, und ich denke, ich sollte mich langsam mal umschauen."

Der leichte Duft der blühenden Olivenbäume wehte uns im Abendwind entgegen.

„Ich will mich wirklich nicht beschweren. Wenn ich bereit wäre, die Art von Arbeit zu machen, die von blinden Menschen *erwartet wird*, gäbe es viele Möglichkeiten. Aber ich hasse diese Art von Arbeit. Du weißt, was ich meine, oder? Ich habe mich bei vielen Unternehmen beworben, aber beim Vorstellungsgespräch fragen sie immer: 'Ist Pendeln in Ordnung?' Was glauben die, wie ich fünfzehn Jahre lang zur Schule gegangen bin? Glauben die, meine Mutter hat mich jeden Tag Huckepack genommen?"

Ich schwieg.

„Jedenfalls habe ich gestern ein Angebot erhalten, und ich wollte dir davon erzählen… Ich frage mich, was ich tun soll. Ich kann mir einfach nicht vorstellen, im nächsten Frühjahr in einem Büro zu arbeiten. Aber ich habe ja auch noch etwas Zeit, darüber nachzudenken."

Bevor ich antworten konnte, zerrte sie noch einmal an meinem Ärmel, vergewisserte sich mit der rechten Hand, wo sich mein Kopf befand und gab mir einen Kuss auf die Wange. Als ich sie ins Haus gehen sah, war ich ziemlich durcheinander.

Am nächsten Tag begann meine Tätigkeit als Lehrer für englische Konversation. Als ich zum ersten Mal seit langem wieder vor der Tafel stand, verspürte ich ein unbeschreibliches Gefühl der Leere. Ein Gefühl, das ich seit Herbstbeginn vergessen hatte – genauer gesagt seit dem Tag, an dem Kyōko und ich uns im Maruyama-Park küssten. Ich hatte mir eingeredet, dass ich in meiner Beziehung zu Kyōko, durch mein Studium der japanischen Literatur und sogar in meinem Alltag in einer reinen „japanischen Welt" lebte, so dass es unerträglich war, in die seichte Welt des Unterrichtens englischer Konversation zurückzukehren. Für mich war es eine Qual; ich fühlte mich, als würde ich mich prostituieren.

Doch ich pendelte weiter nach Ōsaka, meine Abneigung wurde allmählich schwächer, und ich machte mir schließlich keine Gedanken mehr darüber.

In der Folgezeit machte ich im Alltag gelegentlich unangenehme Erfahrungen, wodurch ich zunehmend verbittert und desillusioniert wurde. Ein Vorfall ereignete sich, als wir in einem Restaurant namens Yamamuraya *Tonkatsu,* frittiertes Schweineschnitzel, aßen. Das Restaurant war berühmt für seine riesigen Portionen. Ich beschloss, meinen Mittagskurs zu schwänzen und Kyōko einzuladen, mich zu begleiten.

Wie üblich las ich Kyōko rasch die Speisekarte vor und bestellte dann für uns beide. Obwohl ich diejenige war, der die Bestellung aufgegeben hatte – und das passierte häufig, wenn ich mit japanischen oder asiatisch aussehenden Freunden unterwegs war – wandte sich der Mann an Kyōko, die Japanerin, und wiederholte, was ich bestellt hatte. Aber Kyōko merkte natürlich nicht, dass sie angestarrt wurde. Um ihr zu helfen, sagte ich: „*Hai, hirekatsu teishoku o futatsu kudasai.*" Ich schätze, er hielt mein Japanisch nicht für gut genug, denn er antwortete in gestelztem, zusammenhanglosem Englisch: „Two, big Japanese pork, lunch okay, okay?" Ich gab mich nicht geschlagen und wiederholte in meinem besten Japanisch: „*Sono tōri, hirekatsu teishoku o futatsu kudasai.*" Das fand ich sehr ärgerlich.

Dreißig Minuten später wurden uns zwei riesige Schweineschnitzel gebracht, aber statt der üblichen *Einweg-Waribashi* befanden sich nur Gabeln und Löffel auf unseren Tellern. Ich fragte mich, ob in diesem Restaurant keine Stäbchen verwendet wurden, und schaute mich bei den anderen Gästen um. Natürlich aßen alle ihre Frisbee-großen Schnitzel mit den üblichen Waribashi-Essstäbchen. Deshalb wollte ich auch Stäbchen. Außerdem hätte sich Kyōko viel leichter getan.

Als ich höflich fragte: „*Sumimasen, o-hashi moraemasu ka?*", brüllte der Typ mit der gleichen dummen englischen Aussprache wie zuvor:

„Oh you Japanese, chopstick okay?“ und knallte uns zwei Paare auf den Tisch, als ob das die lästigste Aufgabe überhaupt wäre.

Jetzt reichte es! Ich hatte Kyōko noch nie so deprimiert gesehen, und auch die anderen Gäste fühlten sich offensichtlich unwohl. Gerade als ich mich fragte, wie jemand an einem solchen Ort *Tonkatsu* genießen konnte, schien Kyōko meine Gedanken zu lesen und flüsterte: „Lass uns verschwinden.“ Ich bezahlte die Rechnung und wir gingen – ohne die grotesken Schweinekoteletts anzurühren.

Im *Sentō* in der Nähe meiner Studentenbude lebten einige richtig schrullige Typen. Ich saß neben Kyōko auf der Veranda ihres Hauses und erzählte ihr von ihnen. Zunächst beschrieb ich den Mann mittleren Alters, der einen Fischladen in der nahen gelegenen Einkaufspassage besaß. Er begann in aller Herrgottsfrühe zu arbeiten und ließ seine Frau am Nachmittag den Laden führen. Um sechs Uhr war er normalerweise im Bad.

„Der Kerl hat eine richtig seltsame Marotte,“ erklärte ich. „Er steigt nie in die Wanne, bevor er Feierabend hat. Kannst du dir das vorstellen? Er kommt um sechs und bleibt bis zum Schluss. Und dann, zehn Minuten vor Schluss, als ob er sich plötzlich an etwas Wichtiges erinnert, springt er buchstäblich in die Wanne.“

„Das wären dann fünf oder sechs Stunden, oder? Was macht er denn in dieser Zeit?“ Kyōkos Frage traf den Nagel auf den Kopf.

„Das ist eine gute Frage. In seiner Waschwanne hat er nicht nur Seife und Shampoo und andere ganz normale Dinge, sondern auch ein altes Transistorradio. Es ist so ein richtig altes, wie man es in einer Fabrik aus der Vorkriegszeit zu einem Schnäppchenpreis bekommt, wie man es heute nicht mehr sieht. Wenn er ins *Sentō* kommt, setzt er sich im Schneidersitz mit dem Rücken an die Wand der Wanne. Dann breitet er vorsichtig sein kleines Handtuch aus, um *seine Privatsphäre zu wahren*, und stellt seine Waschschüssel mit dem antiken Radio zwischen seine Beine.“ Ich erklärte das so genau, wie ich konnte.

„Und dann?“

„Und dann? Hört er natürlich Radio. Er sieht aus, als wäre er im siebten Himmel, wenn er die Augen schließt und die Lautstärke voll aufdreht. Er hört fast immer Baseball. Wie findest du das? Splitterfasernackt an einem warmen Ort sitzen und einem Baseballspiel zuhören – eine ziemlich coole Art, den Abend zu verbringen, findest du nicht? Ich jedenfalls fand es irre, als ich es das erste Mal sah.“

„Ja, das klingt gar nicht schlecht,“ sagte Kyōko und lachte fröhlich.

„Wenn das die ganze Geschichte wäre, gäbe es nichts zu beanstanden, aber da ist noch was. Wenn du jeden Tag mit Fisch umgehst, Fisch schneidest, Fisch einwickelst und Fisch an Kunden aushändigst, riechst du furchtbar, egal wie sauber du zu bleiben versuchst. Dieser Typ ist da keine Ausnahme. Der Gestank ist einfach unglaublich. Ein Gestank, der so stark ist, dass jede Fliege in Japan am liebsten auf eine saubere Insel im Süden auswandern würde. Außerdem wäscht er sich nie, bevor er in die Wanne steigt."

Ich hielt inne.

„Egal, wann das Match endet, sein riesiger, nach Meer stinkender Körper taucht jeden Tag zur exakt gleichen Zeit in die Wanne ein – wie eine perfekt programmierte Zeitbombe. Natürlich schrubbt er sich erst danach ab."

„Das ist total unhygienisch," sagte Kyōko mit einem Stirnrunzeln.

„Aber wirklich. Deshalb schaue ich im *sentō* immer, dass ich vor ihm in die Wanne komme."

„Du erlebst ja wirklich allerhand, oder?", neckte mich Kyōko.

„Übrigens," fügte ich hinzu. „Nach meinen Beobachtungen scheinen die Menschen in Tōkyō und Kyōto den *sentō* ganz unterschiedlich zu nutzen."

„Das musst du erklären."

„In Tōkyō zum Beispiel waschen sich die Menschen von Kopf bis Fuß, *bevor sie* in die Wanne steigen. Die Idee ist, den Körper in der gemeinsamen Wanne zu wärmen, nachdem man sich gereinigt hat. In Kyōto ist das Gegenteil der Fall. Man badet in der Wanne und wäscht sich, *nachdem* man sich aufgewärmt hat – genau wie der Fischladenbesitzer mit dem antiken Radio."

In Kyōto fiel mir noch etwas anderes auf: Nachdem die Männer sich ausgezogen hatten, liefen sie in Tōkyō ohne Scham nackt herum. Aber auf der gleichen Insel Honshū, nur eine dreistündige Fahrt mit dem Hochgeschwindigkeitszug Shinkansen weiter westlich, versteckten sich die Männer mit großer Sorgfalt hinter ihren kleinen Badehandtüchern, und schienen eher sterben zu wollen, als etwas zu enthüllen.

Während ich Kyōko das erzählte, betrachteten wir den in Herbstfarben geschmückten Garten. Sie zeigte sich sehr interessiert. „Also so was," sagte sie und lehnte ihre Schulter an meine. „Und was machst du? Bedeckst du dich?"

Ich schwieg.

Sie wurde noch neugieriger, als ich ihr von dem tätowierten Yakuza-Gangster erzählte, der am Vortag neben mir gesessen hatte, und auch von einem alten Mann, der ein paar Tage zuvor sein Gebiss auf dem Fliesenboden vergessen hatte.

„Sag mal, ich würde gerne mal einen Blick in deinen *sentō* werfen," verkündete sie mit ernstem Gesicht.

Ich hob eine Augenbraue und sah sie an.

„Ja, ich würde dich gerne mitnehmen, aber was machst du, wenn du dort bist? Ich würde dich gerne durch die Frauenabteilung führen und dir alles erklären. Leider ist das nicht möglich."

Aber Kyōko war jemand, der nicht leicht aufgab. Ein paar Tage später nahm ich sie eines Abends mit in das öffentliche Badehaus. Die Frau an der Eingangskontrolle schaute etwas verärgert, als ich ihr die Situation erklärte, aber sie willigte ein, Kyōko zu helfen.

Nach dem Bad liefen wir Arm in Arm zum Fluss Shirakawa. Wir schlenderten eine Weile, betrachteten die seichte Strömung und setzten uns dann auf eine schmale Steinbrücke. Ich öffnete eine Dose Bier und reichte sie Kyōko. Sie drehte die Dose leicht, fand die Mundöffnung und nahm genussvoll einen riesigen Schluck. Dann lehnte sie den Kopf an meine Schulter und schwieg eine ganze Weile.

Ich öffnete eine zweite Dose und trank auch etwas Bier. Dann schloss ich die Augen. Konzentriert versuchte ich, meine Umgebung zu erfassen, indem ich mich auf andere Sinne als das Sehen verließ. Das klappte nicht besonders gut. Ich hörte nichts außer dem schwachen Rauschen des Flusses und dem Lachen der spielenden Kinder in der Nähe. Die seltsame Stille machte mich irgendwie nervös, und ich wollte schon die Augen wieder öffnen.

Doch ich unterdrückte diesen Drang und fing an, neue Empfindungen wahrzunehmen. Ein Duft von Seife und Shampoo ging von Kyōkos Körper aus. Für Ende Oktober war es gar nicht so kalt. Ich spürte die lauwarme Luft auf meiner Haut, als wäre es das erste Mal. Nur die steinerne Oberfläche unter meinen Händen fühlte sich erstaunlich kalt an.

„Man sagt, dass buddhistische Mönche während ihrer religiösen Ausbildung diese schmale Brücke überquerten," sagte ich und brach das Schweigen, hielt aber meine Augen geschlossen. „Deshalb heißt sie *Gyōjabashi*."

„Wirklich?", sagte Kyōko, die kein großes Interesse an meiner Zurschaustellung von oberflächlichem Wissen zeigte. „Ich fürchte, es wird bald regnen."

„Woher willst du das wissen?", fragte ich leicht verärgert.

„Ich weiß es einfach,“ sagte sie voller Zuversicht. „Ich kann den Wind in den Bäumen rauschen hören. Und da ist dieser unverwechselbare Geruch in der Luft, der dem Regen vorausgeht.“

Ich öffnete die Augen und schaute in den Himmel, der schon Anzeichen der nahenden Dämmerung zeigte. Unheilverkündende Regenwolken – direkt über dem Chion'in-Tempel – zogen ganz langsam von jenseits der Higashiyama-Berge heran. In der Nähe wiegten sich die herabhängenden Zweige der Weiden sanft in der Brise. Diese zarten Anzeichen bemerkte ich jedoch erst, als ich angestrengt in die Dämmerung blickte, die sich um den Fluss herum ausbreitete. Ich konnte ein Seufzen nicht unterdrücken. In solchen Augenblicken war ich immer hin- und hergerissen zwischen Bewunderung und Einsamkeit. Kyōko lebte auf derselben physischen Ebene, und war doch in einer völlig anderen Welt – in einer, die ich nie mit ihr teilen konnte. Sie konnte das Wesentliche mit unglaublicher Genauigkeit und Scharfsinnigkeit erfassen.

Bald wurde der Wind stärker, und sanft prasselten – wie warme Tränen, die vom Himmel fallen – große Regentropfen auf die Oberfläche des Flusses. Als ich das sah, fühlte mich noch verlorener.

Ich las Kyōko *Natsu no Yami* (Dunkelheit im Sommer) von Kaikō Takeshi vor. Der Roman war voll von sehr sinnlichen Passagen, und während ich las, fragte ich mich, warum Kyōko immer Bücher mit solch *anregender* Wirkung wählte. Nach der Hälfte der Lektüre stellte sie sich hinter mich und lehnte sich gegen meinen Rücken. Ich hob kurz den Kopf.

„Bitte lies weiter,“ flüsterte sie. Als sie den Kopf zurückwarf, spürte ich, wie ihr weiches Haar meinen Nacken streifte. Unmerklich glitten wir in dieselbe prickelnde Atmosphäre wie bei der Lektüre von *Henry und June*. Eine warme Süße umhüllte mich, und meine Kehle wurde trocken.

Kyōkos Mutter, die sich im Zimmer nebenan mit Hausarbeiten beschäftigt hatte, stand plötzlich in der Tür des Wohnzimmers und hörte zu. Das Gewicht von Kyōko an meinem Rücken und der Blick ihrer Mutter, die mich mit einem freundlichen Augenzwinkern ansah, beunruhigten mich. Die Anwesenheit dieser beiden Frauen machte mich sehr verlegen, und ich merkte, wie schwierig es war, laut zu lesen, *während ich beobachtet wurde*.

Am nächsten Tag besuchten wir das Junichirō-Tanizaki-Gedenkmuseum in Ashiya. Den ganzen Morgen hatte es stark geregnet, aber als wir am Museum ankamen, war es strahlend sonnig.

Anders als erwartet war das Museum ein äußerst modernes Gebäude. Während unseres Rundgangs erklärte ich Kyōko die verschiedenen Ausstellungsstücke. Wir kamen zu einem kleinen Raum mit Tatami-Matten und einem Holzschild mit der Aufschrift „Tanizakis Arbeitszimmer." Auf der anderen Seite des Raumes lag ein japanischer Garten mit einem Weg, der um einen kleinen Teich führte. Es handelte sich offensichtlich um eine Nachbildung eines der vielen Arbeitszimmer von Tanizaki, einem Schriftsteller, der für seine häufigen Umzüge bekannt war. Dennoch hatte ich das Gefühl, einen Blick auf das *Authentische* erhascht zu haben, nach dem ich in Kyōto immer gesucht hatte. Aber ich war nicht in der Lage, meine Gefühle in Worte zu fassen.

Ein weiteres Schild vor dem Raum erklärte, dass Tanizakis Alltag auf fast fanatische Art und Weise methodisch war. Während ich Kyōko dies vorlas, starrte uns ziemlich schamlos ein grauhaariger Mann an. Wir liefen weiter zur nächsten Ausstellung. Später jedoch, als ich die Ausstellung von Tanizakis moderner Übersetzung von *Genji Monogatari* (Das Märchen von Genji) erläuterte, tauchte er wieder auf und kam auf uns zu.

„Sie kommen den ganzen Weg aus den Vereinigten Staaten, um als Freiwilliger zu arbeiten. Das ist wirklich bewundernswert!", sagte er. Es schien ihn enorm zu beeindrucken.

„Ich bin kein Amerikaner, und das hat nichts mit Freiwilligenarbeit zu tun!", antwortete ich verärgert.

Verblüfft schwieg er.

Nachdem wir das Museum verlassen hatten, zog Kyōko mich am Arm und flüsterte mir ins Ohr: „Du solltest alte Männer, die nur freundlich sein wollen, freundlicher behandeln."

„Ich weiß. Aber Leute, die so voreilige Schlüsse ziehen, gehen mir unheimlich auf die Nerven."

Wir spazierten schweigend durch ein ruhiges Wohngebiet. Als wir einen steilen Hügel hinaufstiegen, der an einem Bach entlanglief, zogen große Wolken über den Himmel, zwischen denen ich einen Hauch von Blau erkennen konnte. Der schöne Umriss des Rokkō in der Ferne verbesserte meine Stimmung ein wenig.

Als wir oben waren, hielten wir inne.

„Gefällt dir so etwas?", fragte ich zögernd und brachte damit eine Frage zur Sprache, die mir schon seit einiger Zeit durch den Kopf ging. In dem Moment, in dem ich sie aussprach, wurde mir klar, wie außerordentlich dumm diese Frage war, und ich wünschte, ich hätte sie sofort zurücknehmen können.

„Was soll das denn heißen?“ fragte Kyōko mit einer schrillen Stimme, die mir bei ihr neu war.

„Oh, gar nichts. Nur, dass ich mir diese Frage manchmal stelle.“

„Hat das etwas damit zu tun, dass ich blind bin?“, fragte sie mit noch gereizterer Stimme.

„Ich kann es nicht genau erklären, und wahrscheinlich verstehst du mich nicht richtig. Es ist nur so, dass…“ Ich fand nicht die richtigen Worte.

Eine Zeit lang herrschte eine bleierne Stille. Die Wolken zogen von rechts nach links über den Himmel.

„Du bist *so* dumm! Ich bin schon immer blind gewesen. Auch wenn ich dich nicht sehen kann, genieße ich es, mit dir zusammen zu sein. Ist das nicht mehr als offensichtlich? Deine Erklärungen sind ein Vergnügen, und sie helfen mir sehr, meine Umgebung zu verstehen. Auch wenn ich blind bin, laufe ich liebend gern mit dir herum. Das ist das Einzige, was im Moment zählt. Also komm nicht wieder mit so einer dummen Sache. Das verletzt mich unheimlich.“ Ihr Gesichtsausdruck verriet Wut und Trauer.

Da ich nicht wusste, was ich sagen sollte, murmelte ich eine unbeholfene Entschuldigung, aber ein ungutes Gefühl hatte sich zwischen uns eingeschlichen. Dieses Unbehagen konnten wir nicht vertreiben; schweigend stiegen wir in den Zug und fuhren zurück nach Kyōto.

Wir wechselten während der gesamten Reise auch kaum ein Wort miteinander.

Später in der Nacht schliefen wir in meinem kleinen Zimmer miteinander und versöhnten uns ohne weitere Diskussionen.

Die Referate, die ich direkt nach den Sommerferien an der Universität halten sollte, wurden auf Ende Oktober verschoben. Um mich darauf vorzubereiten, schwänzte ich meine Kurse, ging nicht zur Arbeit, schloss mich in meinem Zimmer ein und studierte.

Die Präsentation in meinem Seminar verlief ohne allzu große Schwierigkeiten. Ich war nie gut darin gewesen, vor anderen zu sprechen, aber ich erhielt eine einigermaßen gute Bewertung. Das heißt, ich bekam eine kleine Bemerkung von meinem Professor und keine Reaktion von den anderen Studenten. Ich sprach allein im stillen Klassenzimmer, meine Mitschüler zeigten keinerlei Interesse. Sobald die Glocke läutete, flüchteten sie aus der Tür wie Mäuse aus einem sinkenden Schiff.

Unter den Studierenden in meinem Kurs war eine junge Frau namens Koike. Jedes Mal, wenn ich einen Blick auf ihre langen, perfekten, schlanken Beine erhaschte, wurde mir schwindelig und ich schätzte mich glücklich, in diesem Seminar über moderne Literatur zu sein.

Doch ihre außerordentlich attraktiven Beine hatten auf alle männlichen Studierenden eine verlockende Wirkung, und wenn man ihr gegenübersaß, wusste man nicht, wo man hinschauen sollte. Da unsere Tische in Hufeisenform angeordnet waren, achtete ich immer darauf, *auf ihrer Seite zu bleiben.* Doch wenn ich vorne im Klassenzimmer stand, war es mir fast unmöglich, den Blick von diesen eleganten Beinen abzuwenden.

Ja, ich war nicht der Einzige, der von Koikes Beinen fasziniert war. Jedes Mal, wenn sich mein Blick *zufällig* in ihre Richtung wandte, starrten auch andere dorthin. Als ich diese Blicke zu ihren Besitzern zurückverfolgte, stellte ich fest, dass sie meist von Studenten stammten, gelegentlich aber auch von dem Dozenten. Es ist nichts Schlimmes daran, wenn ein Professor sich für die einzigartige Form der Beine eines Mädchens interessiert, aber gemeinsam Koikes Beine zu betrachten empfand ich als ziemlich unangenehm.

Das Unterrichten englischer Konversation blieb für mich hohl, ja qualvoll.

Im Zug nach Hause lehnte ich meinen Kopf an die kalte Fensterscheibe und starrte ausdruckslos in die Nacht. Blitze von künstlichen Lichtern irgendeiner vorbeischießenden Stadt wechselten sich mit der Spiegelung meines eigenen Gesichts ab, während das Innere des Zuges hinter mir hell erleuchtet war. Wenn wir an einem Bahnhof vorbeiflogen, verschwanden die Menschen, die auf dem Bahnsteig standen, in einer halben Sekunde hinter uns – wie die bösen Außerirdischen eines Science-Fiction-Films, die in eine andere Dimension gesaugt werden. All das interessierte mich nicht sonderlich; ich war einfach nur müde. Ich hörte weder das Rattern des Zuges noch das Gespräch der Bürodamen vor mir. Ein angenehmes Gefühl der Ruhe stieg in mir auf, und meine Augen leuchteten.

Während ich durch die Dunkelheit raste, gewann ich allmählich ein Gefühl vollkommener Gelassenheit zurück. Ich wünschte nur, das könnte den ganzen Weg bis zum Ochotskischen Meer so weitergehen. Doch leider laufen die persönlichen Wünsche und die geschäftlichen Interessen einer Eisenbahngesellschaft auf getrennten Gleisen. Der Zug hielt mit beunruhigender Genauigkeit zur festgesetzten Zeit und am vorgesehenen Ort im Bahnhof Sanjōkeihan.

Auf der Sanjō-dōri-Allee wimmelte es von Geschäftsleuten, die von der Arbeit nach Hause gingen, und anderen Menschen, die zu verschiedenen Zielen eilten. Eine Straßenbahn ratterte in Richtung der Kreuzung mit der Higashiōji-dōri-Allee vorbei.

Als ich das Sanpō Hanten erreichte, war das chinesische Restaurant hoffnungslos überfüllt. Der einzige freie Platz befand sich an einem Tisch in der Nähe des Eingangs. Wenn ich mich dort hinsetzen würde, würde mir jedes Mal, wenn jemand den Raum betrat oder verließ, der kalte Wind in den Rücken blasen, und ich würde kaum den kleinen Fernseher auf der gegenüberliegenden Seite des Raumes sehen können. Außerdem musste ich den Tisch mit jemand anderem teilen. Aber ich hatte Hunger, und so entschied ich mich widerwillig für diesen Platz.

Zum ersten Mal seit langem bestellte ich einen extra großen *Miso-Champon*, Gyōza-Klöße und ein Bier. Das Getränk wurde mir sofort gebracht, aber auf das Essen musste ich warten. Bei so vielen Gästen konnte ich mich da ja kaum beschweren.

Ich warf einen Blick auf den Fernseher. Es liefen vier Werbespots hintereinander: zwei für Babywindeln und zwei für Damenbinden. Warum füttern sie uns mit diesem Mist während der Essenszeit? Verärgert wandte ich mich ab. Ich starrte auf meinen Krug und seufzte ein wenig. Nach einiger Zeit standen ein paar Studenten auf, bezahlten ihre Rechnung an der Kasse und gingen. Wie erwartet, wehte der Lärm von der Straße zusammen mit einem kalten Windstoß herein.

Ich nahm mein Bier in die Hand und setzte mich auf einen der freigewordenen Plätze. Sekunden später wurden der *Miso-Champon* und das *Gyōza serviert*. Der *Champon* mit seinen vielen Garnelen, dem Tintenfisch und dem Gemüse auf perfekt gekochten Nudeln in einer reichhaltig gewürzten Suppe war ausgezeichnet. Der Anblick dieser wunderbaren Speisen versetzte mich in Hochstimmung. Ich schmatzte und griff mit meinen Stäbchen nach einem *gyōza*. Es zerschmolz mir auf der Zunge – als wäre es gar kein *gyōza*. Das köstliche Essen ließ mich vor Zufriedenheit seufzen. Ich nahm noch einen Schluck Bier.

Während ich genüsslich weiter aß, erreichte ich einen Zustand der Zufriedenheit, den ich schon lange nicht mehr erlebt hatte. Als ich mit meinem *gyōza* fertig war, goss ich die Sojasauce, das rāyu-Orangen-Chili-Öl und die Essigsauce vom gyōza-Teller über meine Nudeln, was den Geschmack noch verstärkte. Als ich die letzte Nudel verspeist und den letzten Tropfen Suppe hinuntergeschluckt hatte, war ich vollkommen gesättigt. Ein kleiner Rülpser quoll aus meiner Magengrube, und als ich noch einmal das *Miso* und die anderen Zutaten schmeckte, konnte ich ein Lächeln nicht unterdrücken. Ich hatte keine

Lust, nach Hause zu gehen. Mein Platz war bequem, und ich wollte in diesem Zustand des Hochgefühls bleiben.

Ich warf noch einen Blick auf den Fernseher. Es war eine Art Science-Fiction-Film: Ich konnte nicht allzu gut sehen, aber eine Menschenmenge drängte sich vor einer massiven Mauer, offenbar der Berliner Mauer. Junge Männer, die auf die Mauer geklettert waren, schwangen Vorschlaghämmer, um sie niederzureißen. Die Mauer war jedoch so hart, dass selbst die heftigsten Schläge nur ein paar Betonsplitter locker machten.

Ich trank den Rest meines Bieres aus. Ich bitte dich… ein Film über den Abriss der Berliner Mauer. Was werden sie sich als Nächstes einfallen lassen? Ein Film über die Entdeckung eines Eisbergs auf dem Mars und die Ansiedlung der Inuit? Nun ja. Die Zuschauer wollen immer etwas Neues, also ist es gut, wenn Filme fantasievoll sind und immer wieder Unerwartetes zeigen.

Als ich wieder einen Blick auf den Fernseher warf, hob ein Kran gerade ein Mauerstück in die Höhe. Wieder ertönte Jubel aus der Menge. Einige Leute tranken Sekt.

Ich schaute genauer hin.

Nun hatte ich fast einen Herzstillstand. Die Qualität des Bildes entsprach offensichtlich nicht der eines Films. Die Menschen in der Menge waren eindeutig keine Schauspieler oder Statisten. Ich bekam eine Gänsehaut, ich schauderte, und es lief mir kalt über den Rücken. Das war kein Film, das waren die Nachrichten. Die Menschen rissen tatsächlich die Berliner Mauer nieder. Mit zittrigen Händen war ich auf den Beinen, bevor ich es merkte.

Ich stand da und starrte auf die Szene. Da wusste ich, dass das, was ich sah, echt war, aber ich konnte nicht so recht begreifen, was genau geschah. Freude und Angst mischten sich. Das Gesicht des Sprechers erschien in der unteren rechten Ecke, zusammen mit der Überschrift „Fall der Berliner Mauer, Demokratisierung Osteuropas." Wie betäubt ließ ich mich wieder auf meinen Stuhl fallen. Die leere Porzellanschale auf meinem Tisch kam mir völlig sinnentleert vor. Eine Zeitlang konnte ich nicht aufhören zu zittern. Was für ein eingeschränktes und kärgliches Leben hatte ich doch geführt. Der historische Fall der Berliner Mauer – als Folge einer Kette von Ereignissen, die ich verschlafen hatte – spielte sich vor meinen Augen ab. Die Erkenntnis, dass ich in einem Traum gelebt hatte, völlig abgeschnitten von der realen Welt, versetzte mich Angst und Schrecken.

Aus dem kleinen Fernseher auf der schmierigen Klimaanlage rief mich die Welt... Für den Bruchteil einer Sekunde hörte ich das einladende Geschrei von der anderen Seite.

Ich stellte den leeren Bierkrug, den Gyōza-Teller und die Champon-Schale in der Mitte des Tisches zusammen und steckte meine benutzten Stäbchen zurück in die Papierhülle. Dann bezahlte ich meine Rechnung an der Kasse und ging. Die kühle Abendluft war erfrischend. Ich zog den Kragen meiner Lederjacke hoch, steckte die Hände in die Taschen und machte mich schweigend auf den Weg zu meiner Studentenbude – meine Gedanken waren bei der Menschenmenge in zehntausend Kilometern Entfernung.

Einige Tage später stiegen Kyōko und ich bei kaltem Nieselregen die steilen Steinstufen des Kibune-jinja-Schreins im Norden von Kyōto hinauf. Rote tōrō-Laternen säumten beide Seiten der Treppe. Wie immer beschrieb ich unsere Umgebung und führte Kyōkos Hand zu dem feuchten Moos, den massiven Baumstämmen, den Steinen und allem anderen, was sie berühren wollte.

An einer Art Aussichtsplattform setzten wir uns auf eine Bank. Unter einem Schirm aßen wir das Yakiniku, das Kyōko als Mittagessen vorbereitet hatte. Die Anordnung von gegrilltem Fleisch und Gemüse erinnerte mich an ein abstraktes modernistisches Gemälde; es schmeckte köstlich.

Im Zug nach Hause, kurz bevor wir Demachi-Yanagi, die Endstation in Kyōto erreichten, schlief Kyoko ein. Ich betrachtete ihr schlafendes Gesicht und dachte an nichts Besonderes. Plötzlich wurde mir klar, warum ich mich bei ihr immer so wohl fühlte.

Wenn man darüber nachdenkt, ist die Erklärung sehr einfach, aber gerade, weil sie so einfach ist, ist sie mir lange Zeit nicht in den Sinn gekommen.

Sie konnte mich nicht sehen.

Die Menschen in Kyōto starrten mich immer an. Ihr Verhalten gegenüber ihren Mitmenschen richtete sich nur nach dem äußeren Erscheinungsbild, was mir immer großes Unbehagen bereitete. Das ist mehr oder weniger in allen Ländern so, aber in Kyōto war es noch einmal ganz anders. Der Vorgang, bei dem sie jemanden ansahen und sich allein aufgrund des Aussehens sofort eine Meinung über diese Person bildeten und ihre Gefühle dabei vollkommen außer Acht ließen – und das in einem Maße, das man eigentlich nur beeindruckend finden konnte – war ganz und gar einzigartig.

Es handelte sich hier nicht um die schlichte Erscheinung, die sich mit gängigen Begriffen wie „Diskriminierung" oder „Engstirnigkeit" erklären ließ. Da war dieser subtile Unterscheidungsmechanismus, der auf den ersten Blick greifbar schien, sich aber als unsichtbar und ziemlich unheimlich herausstellte. Auch wenn man den Mechanismus *körperlich* spüren konnte, hatte er keine klare Form. Immer wenn ich versuchte, mich dem Problem zu stellen, entglitt es mir in einer Weise, die ich nicht beschreiben konnte. Solche Zusammentreffen verliefen geräuschlos, man berührte sich nicht, und Schmerzen empfand ich auch keine, aber es gab sie immer wieder, und das zermürbte mich körperlich und geistig.

Und offensichtlich war die Ursache für all das der äußere Schein. Ich schätze, ich war es leid, ständig angestarrt zu werden. Ich war es leid, die Rolle des Gaijin zu spielen, ein Hanswurst zu sein.

Wenn ich mit Kyōko zusammen war, kam das natürlich nie vor. Es ist unnötig zu sagen, dass für sie Äußerlichkeiten keine Rolle spielten. Von Anfang an basierte unsere Beziehung auf Stimme, Berührung und Sprache – Dinge, die uns *über* Äußerlichkeiten *hinaus* verbanden.

Selbst wenn ich einen Fehler machte oder mich unpassend ausdrückte, konzentrierte sich Kyōko auf den Inhalt dessen, was ich zu vermitteln versuchte. Sie hatte die Zugehörigkeit zu einer Nation und zu einer Menschengruppe mit einer bestimmten Hautfarbe überwunden und begegnete mir stets als Mitmensch. So fühlte ich mich auch. Wenn Kyōko mich hätte sehen können, wäre unsere Beziehung wahrscheinlich ganz anders gewesen.

Zu wissen, dass es in dieser Stadt eine Person gab, die mich nicht sehen konnte und die sich auf vollkommen natürlich verhalten konnte, gab mir großen Seelenfrieden – mehr als ich jemals in Worte fassen könnte. Ich überlegte, ob ich dies Kyōko gegenüber erwähnen sollte, aber ich fürchtete, dass dies zu Missverständnissen führen könnte, also ließ ich es bleiben.

Sie schlief tief und fest, bis der kleine Zug die Endstation erreichte.

KAPITEL DREI

Das Jahresende brachte eine Reihe von unvorhergesehenen Ereignissen mit sich, und gerade als ich mich auf das Schreiben meiner Abschlussarbeit konzentrieren wollte, geschah etwas Seltsames. Innerhalb eines Abends wurde ich in etwas völlig Unerwartetes hineingezogen – in die Welt einer kleinen Yakuza-Bande.

Alles begann mit einer einzigen Nachricht auf meinem Anrufbeantworter. Als ich in meine Studentenbude zurückkehrte, blinkte das Lämpchen des Telefons wie ein Herzfrequenzmesser. Ich drückte die Abspieltaste und eine künstliche, metallische Stimme verkündete: „Sie haben eine Nachricht." Dann begann eine Person zu reden.

Eine französischsprachige Männerstimme erfüllte den Raum.

„Hallo. Mein Name ist Jean Sallislaff. Ich bin Aufnahmeleiter beim französischen Fernsehen. Ich habe von Endō-san in Paris von Ihnen gehört. Wir sind dabei, hier einen Dokumentarfilm zu drehen, und die Person, die als Dolmetscher und Vermittler vorgesehen war, ist krank geworden. Um es kurz zu machen, wir sitzen in der Klemme."

Es gab eine Pause. Der Mann wählte seine Worte sorgfältig. Er sprach mit vollkommener Ruhe und Gelassenheit.

„Ich arbeite mit Endō-san zusammen, also habe ich sie in Paris angerufen, und sie hat Sie sofort empfohlen. Wir sind im New Miyako Hotel untergebracht. Rufen Sie mich noch im Laufe des Tages an. Meine Nummer ist…" An dieser Stelle brach die Stimme ab, die Aufnahmekapazität war überschritten. Ich drückte die Löschtaste, zündete mir eine Shinsei-Zigarette an, und Erinnerungen an meine Zeit in Paris wurden wach.

Endō-san hatte ich vor etwa fünf Jahren eher zufällig getroffen. Ich verbrachte den Sommer in Paris, kurz bevor ich meine Stelle auf einem Schiff antrat. Ich wohnte zur Miete in einer kleinen Dachwohnung, von der aus ich durch die Straßen der Stadt streifte.

An diesem Tag machte ich einen Spaziergang an der Seine. Der Wind war stark, und kleine, braun gefärbte Wellen kräuselten sich auf der Wasseroberfläche. An beiden Ufern lagen mehrere Kähne vor Anker, die mit der Strömung schwankten. Plötzlich hörte ich eine Stimme hinter mir. Als ich mich umdrehte, sah ich eine Frau auf der Böschung hocken, die auf den Fluss blickte. Sie war eindeutig eine Asiatin, aber ich dachte mir, ich sollte erst einmal Französisch sprechen.

„Stimmt etwas nicht?", fragte ich.

Sie drehte sich leicht überrascht um.

„Mein Kater ist vor ein paar Tagen verschwunden, und seitdem suche ich nach ihm. Endlich habe ich ihn auf diesem Boot gefunden. Ich weiß nicht, wie er dort hingekommen ist, aber das Boot ist so weit vom Ufer entfernt, dass ich nicht hinüberspringen kann, und er weigert sich, herunterzuspringen. Und zu allem Übel ist der Besitzer des Bootes anscheinend nicht da.“

Sie sah japanisch aus, sprach aber fließend und akzentfrei Französisch. Ihrer Kleidung und ihrem Auftreten nach zu urteilen, war sie keine dieser japanischen Touristinnen, die in Paris Urlaub machen. Sie schien Mitte dreißig zu sein und war recht attraktiv. Wenn sie sprach, schaute sie mich mit freundlichen Augen an, die in den Winkeln kleine charmante Fältchen hatten.

Die Katze auf dem Boot tauchte plötzlich auf. Es war ein rothaariges Ungetüm.

„Das Boot bewegt sich ziemlich regelmäßig hin und her,“ sagte ich wie zu mir selbst. „Wenn ich meinen Sprung richtig timen kann, sollte ich leicht an Bord kommen können.“

Sie starrte mich voller Ehrfurcht an. Ich war damals noch sehr jung, und ich konnte diesem Blick nicht widerstehen. Der große Rumpf bewegte sich gerade auf das Ufer zu. Ich wartete auf den richtigen Augenblick und sprang hinüber. Von hinten hörte ich den bewundernden Schrei der Frau und ein wenig Beifall.

Ich war zwar an Bord gegangen, aber die Katze war nirgends zu sehen. Auf dem Boot war der strenge Geruch der Seine noch drückender und der Wind noch stärker. Ich entdeckte zwei spitze, dreieckige Ohren hinter einem Haufen Taue. Es dauerte schließlich eine halbe Stunde, bis ich die Katze gefangen hatte. Ich peilte die Frau am Ufer an und warf das Tier wie einen Rugbyball in ihre Richtung. Die Katze gab ein erschrockenes Quieken von sich, landete aber geschickt auf allen Vieren und rannte auf die Frau zu. Sie wiegte sie glücklich in ihren Armen und schmiegte ihre Wange an ihr Gesicht. Was für ein melodramatisches Schauspiel!

Der Unfall ereignete sich, als ich versuchte, ans Ufer zurückzukehren.

Nach kurzem Zögern setzte ich zu einem weiteren großen Sprung an. Aber mein rechter Fuß rutschte auf dem nassen Deck aus, und eine Sekunde später stürzte ich mit dem Kopf voran in die Seine. Obwohl es Sommer war, war das Wasser so kalt, dass ich befürchtete, einen Herzstillstand zu erleiden. Und der Gestank war absolut ekelerregend. Ich hatte das Gefühl, in eine widerliche verdreckte Masse gefallen zu sein, und geriet etwas in Panik. Irgendwie, trotz meiner erbärmlichen Schwimmkünste, schaffte ich es zurück ans Ufer.

Ich stand vor der Japanerin und triefte vor faulig riechendem Wasser und Schlamm. „Man kann den Gestank der Seine erst richtig einschätzen, wenn man selbst mal hineingefallen ist."

Sie lachte und dankte mir, dass ich ihre Katze gerettet hatte.

Wir eilten zu ihrer nahen gelegenen Wohnung, wo ich eine heiße Dusche nahm. Während ich – in einem ihrer Seidenkleider – darauf wartete, dass meine gewaschene Kleidung trocknete, unterhielten wir uns bei einem Tee in ihrem eleganten Wohnzimmer.

Sie erzählte mir, dass sie seit ihrem achtzehnten Lebensjahr in Paris lebte, an der Sorbonne einen Master und einen Doktortitel in Kunstgeschichte erworben hatte und nun als Koordinatorin für verschiedene Kunst- und Kulturaustauschprogramme zwischen Frankreich und Japan tätig war.

Nach diesem eher ungewöhnlichen ersten Treffen verbrachten wir den Rest des Sommers mit langen Gesprächen – bei billigem Roséwein in einem kleinen Restaurant auf dem Hügel von Montmartre.

Mit diesen Erinnerungen im Kopf stand ich auf. Der Raum war voller Zigarettenrauch, also öffnete ich das Fenster, um etwas frische Luft hereinzulassen.

Nach all den Jahren von Endō-san zu hören, war schön und unerwartet, aber die Nachricht auf dem Anrufbeantworter war richtig aufregend. Ich beschloss, das Neue Miyako anzurufen, um weitere Informationen zu erhalten. Ich wurde mit einer Person im Büro von Jean Sallislaff verbunden, und dann sprach ich mit einem Mann mit der gleichen Stimme wie der auf meinem Anrufbeantworter.

„Ich werde in dem französischen Restaurant hier im Hotel zu Abend essen. Warum kommen Sie nicht mit? Ich erkläre Ihnen dann die Einzelheiten."

Für einen armen Studenten, der an Sonntagsessen im Sanpō Hanten und anderen billigen Restaurants gewöhnt war, war die Verlockung eines französischen Essens im New Miyako unwiderstehlich. Zwanzig Minuten später tauschte ich mit Jean Sallislaff in der Hotellobby einen festen und freundlichen Händedruck aus.

Nachdem wir ins Restaurant gegangen waren und unser Essen bestellt hatten, beobachtete ich ihn genauer. Am Telefon hatte er wie ein typischer Fernsehregisseur geklungen: kühl, selbstbewusst und clever. Als ich ihn persönlich kennenlernte, vermittelte er jedoch einen vollkommen anderen Eindruck. Obwohl er wohl um die vierzig war, hatte er ein kindliches Gesicht. Seine Stirn war hoch, und der Blick, den er durch die Brille auf mich warf, wirkte fast unschuldig. Sein Gesicht strahlte etwas Positives aus und es hatte eine sehr beruhigende Wirkung auf sein Gegenüber.

Überraschend war auch, dass er dick war. Und damit meine ich nicht nur ein bisschen Übergewicht. Er glich eher einem riesigen runden Daruma-Glücksbringer als einem menschlichen Wesen. Dennoch schien er vor Energie zu strotzen, und sein Äußeres war angenehm für das Auge. Er war der lebende Beweis dafür, dass es Menschen gibt, die übergewichtig sind und trotzdem gesund und vital bleiben.

Er begann, mich über das Projekt zu informieren. Am Anfang sprach er sehr zurückhaltend, aber dann wurde er immer lebhafter. Ehe ich mich versah, hing ich regelrecht an seinen Lippen und war vollkommen gefesselt. Dieser Mann mit diesem Gesicht und mit diesem Körper war so eloquent und er sprach mit einem derartigen Enthusiasmus, dass ich im Nu von dem, was er sagte, überzeugt war.

Als das Abendessen vorbei war, wollte ich mich am liebsten sofort in das Projekt stürzen – machte mir allerdings auch ein paar Sorgen darüber, was mit meiner Abschlussarbeit passieren würde, wenn ich es täte.

Kyōko war ganz aufgeregt, als sie von der Yakuza hörte.

„Das klingt alles fantastisch," sagte sie. „Du *musst* es einfach tun. Ich verstehe deine Sorge um deine Doktorarbeit, aber ich bin überzeugt, dass dir eine Pause von der Welt der Bücher gut tun wird."

Kyōkos Mutter, die mit uns Tee trank, war genauso begeistert.

„Es ist, als würde man zu einer Filmfigur, nicht wahr? Ich habe mich schon immer für die Yakuza interessiert. Ich bin neugierig darauf, was sich hinter der Fassade verbirgt. Wenn die Dreharbeiten beendet sind, müssen Sie uns alles darüber erzählen. Ich freue mich schon darauf, von Ihren Abenteuern zu hören."

Was für ein Paar! Mutter und Tochter waren einfach wunderbar. Ich blickte nach draußen. Der größte Teil des Grüns im Garten war verschwunden. Die kahlen Bäume standen in einsamen Reihen am Hang hinter dem Haus.

Ich wollte mit Kyōko ausführlicher über meine Gefühle sprechen, konnte das aber nicht vor ihrer Mutter tun. Ich konnte sie nur fragen, ob sie bereit wäre, sich um Steevie zu kümmern, während ich an dem Yakuza-Projekt arbeitete.

„Klar, sehr gerne. Meine Mutter wird sich um die Reinigung seiner Kiste kümmern, und ich füttere ihn und überschütte ihn mit Zuneigung."

Im Laufe der nächsten Wochen wurde ich immer tiefer in die abgeschottete und turbulente Welt der Yakuza, der japanischen Mafia, hineingezogen.

Es schneite leicht, als ich mit dem Filmteam am Hauptquartier des Kaizuka-gumi-Clans in Ōsaka ankam. Das Gebäude sah aus wie ein gewöhnliches dreistöckiges Wohnhaus, nur dass sich am Eingang eine doppelwandige Glasbarriere befand, auf der in beeindruckenden goldenen Buchstaben „Kaizuka-gumi Headquarters“ stand. Hinter dem Glas befand sich ein riesiger, *echter*, ausgestopfter Löwe und an beiden Seiten waren Sicherheitskameras angebracht.

„Die Kameras dienen dem Schutz vor Angriffen,“ erklärte Kaizuka-oyabun, der Clanchef. „Der Löwe ist ein Dankeschön-Geschenk von einem anderen *Oyabun* für einen kleinen Auftrag, den wir erledigt haben. „Manche Leute kommen auf ziemlich ausgefallene Ideen für Geschenke“, dachte ich.

In der Mitte des flauschigen weißen Teppichs im Unterschlupf des *Oyabun* gab es einen großen, niedrigen Tisch, der teilweise von einem L-förmigen Sofa umgeben war, auf dem etwa zehn Personen hätten Platz nehmen können. In den Regalen um uns herum standen eine Reihe von Fotos, Box-Trophäen, japanische Schwerter und andere Dekorationen. Als ich mir die Bilder näher ansah, bemerkte ich, dass sie Kaizuka-oyabun mit verschiedenen Männern, wahrscheinlich anderen Mafiabossen, in traditionellen halblangen Haori-Mänteln und Hakama-Faltenröcken zeigten. Auf anderen Bildern stand er mit berühmten Sumō-Ringern und Lokalpolitikern zusammen.

„Ich bin ein Kyūshū-Mann.“

Am zweiten Tag lehnte sich Kaizuka-oyabun in seinem Ledersessel zurück und begann, sich uns zu öffnen. Er war vorher im Bad gewesen und trug einen weißen Frotteebademantel; die Tätowierungen auf seiner Brust waren hinter dem gefalteten Kragen sichtbar.

„Ich war neun, als sie mich von der Schule warfen. Ich weiß nicht mehr genau, was passiert ist, aber ich wollte meiner Lehrerin eine Schere zurückgeben. Ich habe mich dumm angestellt und ihr die spitze Seite entgegengestreckt. Sie hat nach der Schere gegriffen, und ich hab' meine Hand zu schnell zurückgezogen. Sie hat sich nur in die Handfläche geschnitten, aber ich bin sofort rausgeflogen. In einer Landschule nach dem Krieg war es sehr einfach, ein nerviges Kind rauszuschmeißen.“

Der *Oyabun* erzählte uns seine Geschichte mit ruhiger und gelassener Stimme.

„Ich hab‘ mich nicht getraut, gleich wieder nach Hause zu gehen. Ich hab‘ mich eine Weile in der Stadt herumgetrieben, und als es dunkel wurde, bin ich in aller Ruhe über die Felder nach Hause gelaufen. Ich hatte eine Heidenangst vor meinem alten Herrn. Und tatsächlich, er ist total durchgedreht. Kaum war ich durch die Tür, hat er mir einen Schlag verpasst, der mich bewusstlos machte. Als ich wieder zu mir gekommen bin, war ich im Schrank eingesperrt, in ein Futon gewickelt und mit dem Gürtel meines Alten gefesselt. Ich hatte schreckliche Angst. Es war stockdunkel. Ich konnte mich nicht bewegen, und ich konnte kaum atmen. Es war eine sehr lange Nacht, und ich habe mir mehrmals in die Hose gepinkelt. Am Morgen hat mich meine Schwester losgebunden. Sie hat ganz schnell gesprochen und mich gewarnt: 'Wenn du bleibst, wird er dich umbringen, also rennst du besser weg.' Und so bin ich dann von zu Hause weggelaufen. Meinen Vater und meine Schwester habe ich nie wieder gesehen.“

Seine Augen klebten an mir, während er sprach. Ich konnte nicht umhin, in diesem Blick etwas unerwartet Faszinierendes und Intelligentes zu entdecken.

„Ich hab‘ die Stadt dann verlassen und drei Jahre lang wie ein streunender Hund gelebt. Ich hab‘ Essen gestohlen und bin von Ort zu Ort gelaufen. Bald war mir klar, dass ich nur überleben konnte, wenn ich ein Yakuza wurde. Meine Teenagerjahre hab‘ ich damit verbracht, von Bande zu Bande zu wechseln. Dreimal haben sie mich in eine Erziehungsanstalt gesteckt. Die meiste Zeit meines Erwachsenenlebens war ich im Gefängnis. Dreimal haben sie mich verurteilt: einmal zu fünf Jahren und sieben Monaten, ein weiteres Mal zu zwei Jahren und neun Monaten und das letzte Mal zu acht Jahren und vier Monaten. Bei den ersten beiden Verurteilungen hab‘ ich den Kopf für ein paar Jungs aus meiner Gang hingehalten. Die letzte war für etwas, das ich selbst getan habe.“

Er lächelte verschmitzt und hielt inne, bevor er fortfuhr.

„Im Knast hab‘ ich mich mit allen möglichen Typen angefreundet, und als ich rauskam, dachte ich mir, ich gründe meine eigene Gang. Die Typen, die ich vom Gefängnis kannte, sind in Scharen zu mir gekommen. So ist die Kaizuka-Gumi entstanden.“

Der *Wakagashira*, der angehende Chef der Bande, saß hinter einem riesigen Schreibtisch und zählte ein dickes Bündel von Zehntausend-Yen-Scheinen. Manchmal hörte er auf zu zählen und rieb sich mit ausdrucksloser Miene den Hinterkopf. An der Wand hinter ihm hing ein Organigramm mit Namensschildern, die in fünf oder sechs Spalten angeordnet waren. Namen in roter Schrift waren zwischen denen in schwarzer Schrift zu sehen.

„Die Roten sind Typen im Gefängnis," erklärte uns Kaizuka-oyabun am nächsten Tag.

Eine Wand des Büros war mit einer Reihe von Papierlaternen gesäumt, auf denen „Kaizuka-gumi" stand. „Das auffälligste Merkmal des Raumes war jedoch ein Fernseher von schwindelerregender Größe. Über dem Fernseher befand sich ein riesiger Elefantenstoßzahn, der zwischen den Monitoren der beiden Überwachungskameras eingeklemmt war. Ich hatte noch nie einen so riesigen Fernseher gesehen. Er war so gigantisch, dass er auch als Kino für die älteren Leute in der Nachbarschaft hätte dienen können. Doch, das, was auf dem extragroßen Bildschirm lief, hätte ihnen wahrscheinlich nicht gefallen: rund um die Uhr Videos von Yakuza-Filmen. Die Mitglieder der Bande saßen den ganzen Tag vor dem Fernseher. Sie rauchten Zigaretten, starrten auf den Bildschirm, leckten sich die rissigen Lippen, bissen darauf herum und waren ganz und gar vertieft in diese Filme.

Am Morgen unseres vierten Tages mit der Gang durften wir endlich filmen. Jean Sallislaff, der bis dahin ungefähr so aktiv wie ein Bär im Winterschlaf gewesen war, hatte seine ursprüngliche Lebendigkeit wiedererlangt und begann, rasche, knackige Anweisungen zu geben. Es schneite leicht, und als wir das Gebäude von außen filmten, streckte Jean beide Hände aus – wie ein unschuldiges Kind, das sich über Schneeflocken freut, die seine Handflächen kitzeln.

„Nun, Zeit für ein Golftraining," sagte der *Oyabun* und winkte uns aufs Dach. „Ihr solltet das vielleicht auch filmen."

Auf dem Dach befand sich ein kleiner Golfübungsplatz. Weit weg vom Sims und von der Straße aus unsichtbar, war die Anlage an vier Seiten von einem hohen grünen Netz umgeben. Kaizuka-oyabun, der eine goldumrandete Sonnenbrille aufhatte (er trug sie bei jedem Wetter), übte innerhalb des umzäunten Bereichs seinen Schlag. Nachdem er einen Ball geschlagen hatte, brachte einer seiner Handlanger sofort einen neuen, und er holte wieder aus. Ich weiß nicht viel über Golf, aber seine Bewegungen kamen mir sehr kräftig vor, und er wirkte äußerst gelenkig. Blitzschnell gelangte ein Ball nach dem anderen in das zehn Meter entfernte Netz. In der Ferne war ein großer Friedhof zu sehen, und über eine Stunde lang stand der *Oyabun* im Schneegestöber und ließ Golfbälle in die Richtung der Grabsteine fliegen.

„Da sind ein paar Jungs begraben," sagte er nach dem Training, während er sich mit einem Handtuch, das ihm ein anderer Gefolgsmann reichte, den Schweiß vom Gesicht wischte.

„In unserem Beruf weiß man nie, wann man dran ist," fuhr er fort und gab seinen Schläger ab. „Deshalb sind wir immer bereit. Aber man stirbt ja nicht umsonst. Das ist ein Credo von uns. Es ist schwer zu erklären, was das genau bedeutet, aber im Grunde genommen bedeutet es, dass man wegen eines kleinen persönlichen Problems, das man selbst verursacht hat, umgebracht wird. Wenn es für die Gang ist, sind wir jederzeit bereit zu sterben."

Am Abend fuhren wir mit der Gang nach Dōtonbori, einem Vergnügungsviertel in Ōsaka. Die Männer quetschten sich in fünf Autos der Marke Mercedes-Benz, und wir folgten in unserem Lastwagen, der mit verschiedenen Ausrüstungsgegenständen beladen war. Ihre Fahrweise war die rücksichtsloseste, die ich je gesehen hatte. Sie fuhren mit halsbrecherischer Geschwindigkeit durch die matschigen Straßen, wobei der weiße Mercedes des *Oyabun* immer von den vier anderen schwarzen Fahrzeugen umringt war. Um in der Formation zu bleiben, mussten sie extrem aggressiv sein; sie überfuhren Ampeln, schnitten andere Fahrzeuge, bremsten ohne Vorwarnung und ignorierten sämtliche Verkehrsregeln.

Herr Matsutani, unser Kameramann, filmte diese wilde Verfolgungsjagd, wobei er seinen Kopf durch das Schiebedach steckte. Durch die Öffnung strömte kalte, mit Schneeflocken durchsetzte Luft in den Wagen. Ja, es war wie in einer Actionszene in einem Film. Ich erinnerte mich an die Worte von Kyōkos Mutter und lächelte.

In Dōtonbori war unser erster Halt ein Yakiniku-Restaurant. Da ich dolmetschen sollte, saß ich Kaizuka-oyabun direkt gegenüber. Während er mit seinen Stäbchen Fleischscheiben auf den Rost legte, kam er mit mir ins Gespräch.

„Was studieren Sie an dieser Universität in Kyōto?"

„Literatur. Vor allem moderne Literatur," antwortete ich mit ernster Miene.

„Sie meinen japanische Literatur?", fragte er, während er das gegrillte Fleisch überprüfte.

Ich nickte.

„Literatur studiert man doch nicht an der Uni, oder? Während meiner Zeit im Gefängnis habe ich eine Menge Bücher gelesen, aber ich kann mich nicht erinnern, jemals etwas gelesen zu haben, das von jemandem geschrieben wurde, der Literatur studiert hat. Wenn man Literatur studieren will, muss man bereit sein, verschiedene Seiten des Lebens und der Gesellschaft zu betrachten und sich mit den hässlichen Seiten der Menschheit auseinanderzusetzen. Man muss ihnen direkt ins Gesicht sehen. Denn nur wenn man die dunklen Seiten kennt, kann man die wahre Schönheit der Dinge erkennen.“ Der *Oyabun* kaute langsam auf seinem Fleisch, während er sprach, und starrte mir direkt ins Gesicht.

Wir gingen in einen Nachtclub. Als wir eintraten, tanzten etwa zehn Frauen auf der Bühne. Sie waren oben ohne und hatten Brüste in verschiedenen Formen und Größen, die sich im Rhythmus der Musik wiegten. Man führte uns zu einem langen, schmalen Tisch links von der Bühne, und mehrere Frauen gesellten sich zu unserer Gruppe. Ich nahm einen Schluck Whisky und versuchte mit dem Mädchen zu plaudern, das sich wie ein Haustier an mich gekuschelt hatte. Aber sie verstand kein Japanisch.

„Es gibt zwei Gründe, warum wir in Lokale gehen, die von Koreanern geführt werden,“ sagte mir eines der Bandenmitglieder. „Der Hauptgrund ist, dass wir von den Japanern nicht sehr herzlich empfangen werden. Wir zahlen unsere Rechnung wie jeder andere auch, aber wir werden nie wie richtige Gäste behandelt. Der andere Grund ist die Kommunikation. Die Mädchen, die hier arbeiten, sprechen – wie Sie gerade bemerkt haben – nicht besonders gut Japanisch, so dass sie kaum eine Chance haben, die Einzelheiten dessen zu verstehen, worüber wir reden, was uns sehr gelegen kommt.“

Etwa eine Stunde lang filmten wir das, was sich in dem Club abspielte. Die nackten Mädchen auf der Bühne boten eine ziemlich beeindruckende Show. Kaizuka-oyabun, der wie immer seine getönte, goldumrandete Brille trug, nippte an seinem Mizuwari-Wasser und seinem Whisky mit Eis. Fast eine Stunde lang sprach er mit niemandem. Dann stand er plötzlich – ohne Vorwarnung – auf und sagte: „Wir gehen zum nächsten Lokal.“ Er machte sich auf den Weg zum Ausgang, und alle drängten hinter ihm her.

In der Karaoke-Bar saßen wir wieder an einem Tisch. Neben mir war ein riesiger Typ, der eine beunruhigende Ähnlichkeit mit einem Gorilla hatte.

Der erste, der sang, war der *Wakagashira* mit dem kahlgeschorenen Kopf. Seinem albernen, selbstverliebten Gesichtsausdruck nach zu urteilen, gab er sicherlich sein Bestes, aber er war ein unglaublich schlechter Sänger. Nicht nur, dass er unmusikalisch war, er war auch zu laut und hatte überhaupt kein Rhythmusgefühl. Eine der Frauen, die den Anblick dieses Gastes, der sich zum Gespött machte, nicht ertragen konnte, griff zum anderen Mikrofon, um ihn zu unterstützen, aber er winkte ab und sang allein weiter. Diese höllische Kakophonie mussten wir anderthalb Stunden lang über uns ergehen lassen.

Während dieser ganzen Zeit plapperte mein freundlicher Nachbar, der Gorilla, vor sich hin. Als ehemaliger Meister im Profi-Ringen arbeitete er jetzt als Yakuza-Leibwächter. Er hatte sich der Kaizuka-gumi angeschlossen, weil er den *Oyabun* bewunderte, und er vertraute mir an, dass er „immer bereit war, für ihn zu sterben."

Ich nippte an meinem Whisky und nickte zustimmend. Während seines Geständnisses geriet er in einen Erregungszustand und fing an, sich selbst ins Gesicht zu schlagen.

„Seht euch das an! Ziemlich cool, hm? Du könntest mich eine Milliarde Mal schlagen, und ich würde nie zu Boden gehen. Als ich noch Profi-Ringer war, haben die Typen immer wieder auf mich eingeschlagen, aber ich wurde nie k.o. geschlagen. Na los! Schlag mich und sieh selbst!"

Er ergriff meine Hand und wollte mich zwingen, einen Schlag zu machen, aber ich lehnte höflich ab und sagte: „Vielleicht ein anderes Mal."

Ein einziger Schlag von ihm wirkte so stark, dass man einen Ochsen zu Boden hätte bringen können, aber er versetzte sich weitere Hiebe, als wäre er immun gegen Schmerzen. Es tat mir weh, ihm zuzusehen, und mir wurde schwindlig. Ich konnte das kaum noch ertragen und kippte den Rest meines Whiskys hinunter.

Kurz nach drei Uhr morgens brachen wir auf. Die Heimfahrt war wieder ein Autorennen. Bei all den Ausweichmanövern wurde mir übel. Die Oben-ohne-Tänzerinnen, der Gangster, der sich darüber beschwert, nicht herzlich willkommen zu sein, der schwachsinnige Gesichtsausdruck des Gorillas, der sich gnadenlos ins Gesicht schlägt – ein Bild nach dem anderen wirbelte in meinem Kopf herum. Im Hintergrund lief – einer endlosen Beschwörung gleichend – das Lied der *Wakagashira.*

Wir durften bei einer Tätowierungssitzung zuschauen. In der Mitte eines geräumigen Raums mit zehn Matten und einem riesigen Spiegel an der Decke war ein weißer Futon aufgestellt. Eine kleine Maschine stand auf traditionellem japanischem Papier, das mit Mustern bedeckt war, die mich an farbenfrohe *Ukiyo-e*, Holzschnitte aus der Welt der Schwebenden, erinnerten. An der Seite standen winzige weiße Keramikschälchen, die mit verschiedenen Farbstoffen gefüllt waren.

Als ich eintrat, saß dort ein Mann in den Fünfzigern in Seiza-Haltung und ordnete all diese Gegenstände. Eigentlich hatte ich den Mann fast jeden Tag im Hauptquartier der Gang gesehen. Aber er ging immer direkt in den zweiten Stock und verließ ihn nach mehreren Stunden, ohne je ein Wort mit jemandem zu wechseln. Seine Anwesenheit war mir immer rätselhaft gewesen.

Wie bei den meisten Bandenmitgliedern fehlten ihm an beiden Händen ein oder zwei Fingerglieder. Sein Gesicht war bemerkenswert: Er hatte bizarr dicke Augenbrauen, die in einer perfekt geraden horizontalen Linie verliefen. Es sah aus, als hätte jemand ein Lineal genommen und mit einem Filzstift eine dicke Linie über seine echten Augenbrauen gezogen.

An jenem Tag, als wir die Wakagashiras beim Tätowieren filmten, erfuhr ich, dass dieser geheimnisvolle Kerl der Tätowierer der Gang war und dass seine seltsam aussehenden Augenbrauen in Wirklichkeit Tätowierungen waren.

„Eine Tätowierung ist vor allem eine Art Mutprobe im Angesicht des Schmerzes, die zeigt, wie viel man aushalten kann," erklärte er, während er hinter dem Futon Platz nahm und die kleinen Keramiktassen aufstellte. „Deshalb nannten die Menschen Tätowierungen vor langer Zeit ‚Ätzungen der Ausdauer'." Als alles bereit war, schloss er das Kabel eines seltsam aussehenden Geräts an.

Der *Wakagashira* betrat den Raum. Er trug nichts als einen weißen Lendenschurz. Mit Ausnahme von Gesicht, Hals, Händen und Füßen war er von Kopf bis Fuß mit bunten Tattoos bedeckt. Nach einer leichten Verbeugung vor dem Tätowierer legte er sich mit dem Gesicht nach oben auf den Futon.

Der Tätowierer nahm das geheimnisvolle Instrument in die Hand und zeigte es uns. „Vor langer Zeit benutzten die Menschen die Tebori-Tätowiermethode, bei der Nadeln an einem Bambusstab befestigt wurden. Vor etwa zehn, fünfzehn Jahren habe ich dieses elektrische Gerät erfunden. Die Nadeln sind an einer Spitze befestigt, die sich wie eine Nähmaschine bewegt." Während er das Instrument in der rechten Hand hielt, legte er die linke Hand auf die Brust des *Wakagashira*. Wie ein Arzt, der einen Patienten untersucht, verfolgte er schweigend seine Arbeit am Körper des jungen Mannes.

Eine Zeit lang blieb alles ganz still. Schließlich nahm der Tätowierer etwas, das wie ein schmutziges Handtuch aussah, in die linke Hand, trug Farbe auf die Spitze des Instruments auf und schaltete die Maschine ein. Das Geräusch des kleinen Motors durchbrach die Stille. Es war ein merkwürdig brummendes, metallisches Geräusch. Dann begann er, die Brust des *Wakagashira* zu tätowieren.

„Was ich jetzt mache, ist ein Entwurf, den ich vorher mit schwarzer Tinte skizziert habe. Eigentlich verwende ich vierzehn Farben, aber das Ergebnis ist immer ein bisschen anders. Das ist das Schwierigste am Tätowieren. Selbst wenn man dieselbe Farbe verwendet, gibt es je nach dem Zustand der Person an diesem Tag, wenn die Einstiche verheilt sind, feine Unterschiede. Man muss sich den Kunden also genau ansehen, und wenn er leichtes Fieber hat, muss man eine hellere Farbe nehmen, oder wenn er müde ist, eine etwas dunklere. So etwas muss man immer bedenken."

Er erklärte all dies, als ob wir eine Sendung über Tätowieren für den NHK-Bildungskanal aufzeichnen würden. Während er sprach, hob er nicht ein einziges Mal den Kopf und konzentrierte sich voll und ganz darauf, die Blütenblätter auf der Brust seines Kunden auszufüllen. Ab und zu hob er die rechte Hand, schaltete die Maschine aus und wischte mit dem schmutzigen Tuch in der linken Hand die Blutstropfen weg, die unter der Farbe hervorsickerten.

Ruhig atmend betrachtete der *Wakagashira* sein Abbild im Spiegel an der Decke. Die Hand, die die Blütenblätter füllte, bewegte sich im Rhythmus seines Atems auf und ab. Ohne mit der Wimper zu zucken, starrte der *Wakagashira* sein Abbild im Spiegel an. Sein Ausdruck unterschied sich deutlich von dem albernen Blick, den er beim Karaoke-Singen gehabt hatte. Er musste sicher erhebliche Schmerzen ertragen, blieb aber regungslos.

Als die Sitzung vorbei war, stand er auf, als ob nichts geschehen wäre, verbeugte sich schweigend vor dem Tätowierer und verließ den Raum. Nachdem das Filmpersonal seine Ausrüstung weggeräumt hatte und gegangen war, blieb ich zurück, um mit dem Tätowierer ein paar Worte zu wechseln. Er holte einen Stapel Entwürfe hervor, die er mit schwarzer Tinte auf japanisches Papier gezeichnet hatte, und legte einen Haufen davon auf den Futon. Darunter waren Tiger, Schlangen, Pfingstrosen, Drachen und Samurai.

„Tut das Tätowieren wirklich so sehr weh?", fragte ich, ohne zu überlegen, ob so eine Frage angemessen war.

Der Tätowierer antwortete nicht. Mit unglaublicher Geschwindigkeit packte er meine rechte Hand und führte das elektrische Instrument über sie. Ich versuchte, sie zurückzuziehen, aber er hielt mich mit erstaunlicher Kraft fest.

„Mach dir keine Sorgen. Ich habe keine Farbe aufgetragen, das wird keine Tätowierung. Nur ein kleiner Kratzer, der in zwei oder drei Tagen verheilt ist." Er knipste den Schalter an, und das Dröhnen der Maschine erfüllte wieder den Raum.

Etwa eine Minute lang bearbeitete er meine Daumenwurzel. Die Nadeln, die sich in schwindelerregender Geschwindigkeit bewegten, drangen in mein Fleisch. Ich starrte wie ein Besessener vor mich hin. Ab und zu tropften kleine Blutstropfen aus den Wunden, aber es war nicht so schmerzhaft, wie ich erwartet hatte. Nach einer Weile schaltete er das Gerät aus.

„Ich hatte mir das schmerzhafter vorgestellt,“ sagte ich.

Er lächelte. „Das liegt daran, dass du so angespannt bist. Und weil wir es nur eine Minute lang gemacht haben. Normalerweise dauert es Hunderte von Stunden, bis ein Tattoo fertig ist, weißt du. Manche Typen kommen ein oder zwei Jahre lang jeden Tag zu mir. Diese Art von Schmerz zu ertragen, ist eine ganz andere Kategorie. Übrigens, deine Hand wird in etwa dreißig Minuten anfangen zu brennen. Das ist völlig normal, also mach dir keine Gedanken darüber. Mit anderen Worten, der eigentliche Schmerz kommt nach dem Tätowieren.“

Er stand auf.

„Jetzt muss ich mich aber wieder an die Arbeit machen. Wenn du mal ein Tattoo willst, ruf mich an.“ Er reichte mir seine Visitenkarte und ging.

Ich saß mit gekreuzten Beinen auf dem Tatami und war in Gedanken versunken. Der Raum war sehr still. Ich betrachtete noch einmal den weißen Futon, die aufgeklappten Mappen mit den Entwürfen, das Elektrowerkzeug und die kleinen weißen Behälter mit Farbe. Selbst mit diesen Beweisen, die vor mir ausgebreitet waren, erschien mir alles, was ich gerade gesehen hatte – der Tätowierer mit den schwarzen Augenbrauen, der *Wakagashira* mit der Jigoku-e-Szene der Hölle, die seinen ganzen Körper bedeckte, und das Gerät, das Löcher in meine Hand bohrte -, wie ein ferner Traum.

Ich warf einen Blick an die Decke. Der Spiegel blickte aus derselben Position wie zuvor auf den Raum herab. Dort spiegelte sich jedoch nicht mehr der *Wakagashira,* sondern ein unrasierter Westler. Es dauerte eine Minute, bis ich erkannte, wer es war.

Als ich mein Spiegelbild betrachtete, wurde mir etwas bewusst: Seit meiner Ankunft hatten mich die Mitglieder der Gang nie wie einen Ausländer behandelt. Wenn sie jemanden kennenlernten, ordneten sie ihn in eine von zwei Kategorien ein: *Freund* oder *Feind*. Um ihr Vertrauen zu gewinnen, mussten wir viele Nächte lang mit ihnen trinken, rauchen und reden. Aber selbst während dieser langen gemeinsamen Stunden zeigten sie nie Anzeichen dafür, dass sie zwischen Japanern und Ausländern unterschieden. Gleichzeitig wurde ich nie als *seltsamer Ausländer* behandelt, wie es Ausländern passiert, die Japanisch können.

Solche Unterscheidungen waren für sie nicht wichtig. So war das einfach.

Die eigenartige Atmosphäre in Kyōto hatte mich als Ausländer immer verunsichert, doch hier bei den Yakuza fühlte ich mich wohl. Als ich in ihre Welt eintauchte, konnte ich das Problem einfach vergessen. Wenn ich es mir recht überlege, wusste ich nicht einmal mehr, wie ich aussah. Deshalb war ich auch so überrascht, als ich mich im Spiegel an der Decke sah.

Ich nahm den Stapel mit den Entwürfen in die Hand und sah sie mir einen nach dem anderen an. Mir wurde klar, dass in mir viel Wut und viel Trauer war, Gefühle, mit denen ich nicht umgehen konnte. Allmählich wurde ich immer unruhiger. Eine dunkle Bitterkeit quoll aus meiner Magengrube hervor. Es dauerte eine ganze Weile, bis ich den Grund dieses unausgesprochenen Unbehagens ausmachen konnte.

Ich erinnerte mich an die vielen unbedeutenden, aber unbeschreiblich unangenehmen Erlebnisse, die wie spitze Dornen in meine Seele eingedrungen waren. Bis dahin waren sie mir gar nicht so bewusst gewesen, aber als ich mich im Spiegel sah, stürzten die Erinnerungen wie scharfkantige Glasscherben auf mich herunter.

Menschen, die aufgrund von Äußerlichkeiten Urteile fällen. Lästige Schüler auf Klassenfahrten. Dümmliche Geschäftsleute. Der Trunkenbold, der sich Sorgen macht, wohin Japan sich entwickelt. Die prätentiöse japanische Kaiseki-Küche. Der Tonkatsu-Ladenbesitzer. Unzählige misstrauische Blicke. Eine endlose Reihe von Beleidigungen.

Obwohl all dies nur verschiedene eher unbedeutende Vorfälle waren, merkte ich, als ich im Tätowierraum saß, dass ich nicht mehr bereit war, solche Dinge zu ertragen.

Ich legte die Skizzen zurück auf den Futon. Der Raum blieb still. Meine rechte Hand begann zu brennen, genau wie es der Tätowierer vorhergesagt hatte. Das störte mich aber nicht im Geringsten. Ich zerbrach mir den Kopf darüber, was ich tun sollte: Ich wollte Kyōko unbedingt sehen, aber ich wollte nie wieder nach Kyōto zurückkehren.

KAPITEL VIER

Schließlich fuhr ich ein paar Tage später doch nach Kyōto zurück. Jean Sallislaff hatte mich gebeten, mit dem Team nach Kyūshū zu kommen, um über eine andere Yakuza-Gang zu berichten, aber ich konnte meine Abschlussarbeit einfach nicht länger aufschieben. Also entschloss ich mich zur Rückfahrt.

Ich wollte Kyōko sehen.

Am letzten Tag im Kaizuka-gumi wachten die Mitglieder der Gang früh auf, stellten an die Straße vor dem Gebäude Ölfässer und entzündeten darin Feuer. Nur mit einem weißen Fundoshi-Lendenschurz und einem Hachimaki-Stirnband bekleidet, versammelten sich die Männer zu einem *Mochizuki-Taikai*, einer geselligen Gemeinschaftsveranstaltung, bei der Klebreis zu weichen Kuchen verarbeitet wird. Als ich mich von der Gruppe verabschiedete, kam niemand, um „Auf Wiedersehen" zu sagen, und es wurden auch keine besonderen Abschiedsworte gesprochen. Auch Familienmitglieder nahmen an der Versammlung teil; die Kinder überreichten mir ein paar Reiskuchen. Ich setzte meinen Rucksack auf und lief zur nächsten U-Bahn-Station.

Die U-Bahn war halb leer. Schon nach kurzer Zeit hatte ich das Gefühl, dass mit meinen Mitfahrern etwas nicht stimmte. Es war wie damals, als ich zum ersten Mal eine japanische Toilette benutzte und nicht sicher war, wie ich mich hinhocken, und wie weit ich meine Hose herunterziehen sollte. Die schwankenden Geschäftsleute trugen alle ähnlichen Trenchcoats und ähnliche Anzüge in ähnlich gedeckten Tönen, und sie lasen alle mit einem ähnlichen Gesichtsausdruck ihre *Mangas* und Sportzeitungen. Schulmädchen in marineblauen Uniformen und Burberry-Schals plapperten so, wie alle Schulmädchen plappern und begannen ihren Tag so wie sie es immer taten.

Und jeder hatte alle Finger vollzählig. Es fiel mir nicht sofort auf, aber diese äußerst untypische Tatsache war es, die mich aus der Fassung brachte.

Ohne es zu merken, hatte ich mich daran gewöhnt, dass die Mitglieder der Gang alle verkürzte oder fehlende Finger hatten. Als ich mir die Fahrgäste in der U-Bahn anschaute, überraschten mich daher all die *zusätzlichen* Finger. Ich denke, unsere Wahrnehmung dessen, was normal ist, gleicht einem äußerst anpassungsfähigen Tier, einem faszinierenden Wesen mit unendlichen Möglichkeiten, das sich ständig weiterentwickelt, damit es an gut seine Umgebung angepasst ist.

Der Raum, in den ich nach meiner langen Abwesenheit zurückkehrte, war eiskalt. Er erinnerte mich an eine Marmorplatte, die ein Jahr lang in einer Thunfischkühltruhe gelegen hatte. Ich fühlte mich, als wäre ich aus Versehen in ein falsches Zimmer gegangen, und es dauerte eine Weile, bis ich mich entspannen konnte. Da die Raumtemperatur niedriger war als die Außentemperatur, fiel es mir schwer, das Gefühl zu genießen, *nach Hause gekommen zu sein.* Die Lampe des Anrufbeantworters blinkte wie verrückt, aber ich drückte auf die Löschtaste, anstatt die Nachrichten abzuhören. Ich schaltete die Heizung des *Kotatsu* an und kuschelte mich unter die Bettdecke.

Das Telefonkabel war bis zum Anschlag gedehnt, als ich Kyōkos Nummer von meinem Platz unter dem *Kotatsu* auswählte. Sie nahm sofort ab.

„Du lebst also noch," sagte sie etwas vorwurfsvoll. „Wir haben schon lange nichts mehr von dir gehört. Wir haben uns Sorgen um dich gemacht."

„Es tut mir wirklich leid, aber es sind ganz viele verrückte Dinge passiert. Ich war so beschäftigt, dass die Zeit wie im Flug verging. Ich kam mir vor wie auf einem anderen Planeten."

Sie seufzte.

„Ich schätze, das ist eine gute Ausrede. Jedenfalls bin ich froh, dass es dir gut geht."

Ich schwieg.

„Und wie war deine kleine Flucht weg von der Welt der Bücher?", fragte sie in einem neckischen Ton.

„Nicht sehr schlimm," antwortete ich kleinlaut. „Es ist viel passiert, und ich habe eine Menge gelernt. Nichts Weltbewegendes und nichts wahnsinnig Beeindruckendes, aber es war eine wirklich wertvolle Erfahrung."

Es herrschte eine kurze Stille.

„Was sind deine Pläne für Silvester und den Neujahrstag?"

„Ich bin gerade erst zurückgekommen. Ich habe noch gar nicht darüber nachgedacht."

„Warum kommst du nicht vorbei und erzählst uns bei einem *Nishime* von den Dreharbeiten?"

„*Nishime*?"

„In Kansai nennen wir die Neujahrsgerichte *o-sechi*."

„Tatsächlich? Nun, okay. Solange ich eine Arbeit fertigstellen kann, die ich Anfang nächsten Jahres abgeben muss. Ich wollte sie eigentlich bis Silvester fertig haben, wenn es also nicht zu viele Umstände macht, sehen wir uns vormittags am Neujahrstag."

Nach so langer Zeit mit Kyōko zu sprechen, stimmte mich ungeheuer froh.

„Sei nicht albern! Es ist überhaupt kein Problem," sagte sie fröhlich. „Ich bin sicher, meine Mutter freut sich auch schon auf dich."

„Nun, dann… Ich freue mich auf dich." Ich wollte noch mehr sagen, aber ich fand nicht die richtigen Worte.

„Nun, ich freue mich auch auf dich," antwortete Kyōko und hängte ein.

Mit einem Lächeln im Gesicht stand ich vom *Kotatsu* auf und legte den Hörer auf.

Ich zog mir Kleidung an, die zum Überleben eines antarktischen Winters geeignet gewesen wäre und ging nach unten. In der Küche war es kühl. Die anderen Studenten waren offenbar nach Hause gefahren, und im Haus war es unheimlich still. Ich blätterte den Poststapel auf dem alten Kühlschrank durch, aber für mich war nichts dabei. Ich hatte die Außenwelt in den letzten Wochen völlig vergessen, und die Außenwelt hatte mich völlig vergessen – das passiert öfter in der Beziehung zwischen ihr und mir.

Das Haus machte einen noch schmutzigeren Eindruck als sonst. Im Innenhof, in dem wir immer unsere Wäsche aufhängten, waren alte Möbel abgestellt worden, und das Gras war so gewuchert, dass der Boden nicht mehr zu sehen war. In der Küche stapelte sich schmutziges Geschirr, auf dem irgendwelche Speisereste klebten, und in der im japanischen Stil gehaltenen Toilette steckte Scheiße in jeder Ritze. Als ich durch die Küche, die Toilette, den Hof und durch die anderen Räume im Erdgeschoss lief, stieß ich auf alle möglichen mir fremden Substanzen, und die vielfältigen starken Gerüche widerten mich an.

In meiner Verzweiflung machte ich mich an einen großen ō-sōji-Haushaltsputz, der traditionell am Jahresende durchgeführt wird.

Ich verstaute die ausrangierten Möbel in einer Ecke des Hofs und schnitt das Gras mit einem rostigen alten Küchenmesser. Gras mit einem alten, rostigen Küchenmesser zu schneiden, ist eine mühsame Aufgabe, nur für den Fall, dass Sie es noch nie versucht haben. Als ich mit dieser Arbeit fertig war, sammelte ich den Müll, der überall malerisch im Haus verteilt war, spülte das Geschirr und putzte die Toilette mit reichlich Wasser. Warum Japaner Toiletten in einem solchen Zustand Tag für Tag munter weiter benutzen und lieber sterben, als sie mal zu reinigen, war für mich eines der größten Rätsel des Orients.

Schließlich warf ich die Kleidung, die ich während des Yakuza-Projekts getragen hatte, in die Waschmaschine. Die alte Waschmaschine machte beim Schleudern ein schreckenerregendes Geräusch. Es hörte sich an, als hätte man aus Versehen Feuerholz hineingeworfen.

Nachdem ich meine Wäsche auf der Stange im Hof aufgehängt hatte, begab ich mich zum ersten Mal seit langem wieder ins nahe gelegene öffentliche Bad. Auf dem Weg dorthin ereignete sich ein unangenehmer Zwischenfall, der anscheinend nur auf mich gewartet hatte. Mit meiner Waschschüssel in der Hand wollte ich gerade die Sanjō-dōri-Allee überqueren, als mich ein an der Ampel wartender Motorradfahrer mittleren Alters erspähte.

„Oh, you, *sentō* okay? Ha, ha, ha!“, rief er und lachte sich über seine alberne Parodie eines englischen Satzes schier kaputt.

Ich verlor die Beherrschung und rief ihm im Kansai-Dialekt zurück: „Ja, das stimmt! Tut mir leid, aber auch Ausländer müssen sich von Zeit zu Zeit waschen. Das *sentō* ist wirklich groß, und egal, wie lange man in den Wannen badet, es kostet dasselbe. Danach kann man sich für schlappe zwanzig Yen zehn Minuten lang auf dem Massagesessel verwöhnen lassen. Das ist großartig. Vielleicht sollten Sie ab und zu auch mal ein Bad nehmen.“

Vollkommen verblüfft raste der Mann davon, ohne zu bemerken, dass die Ampel noch nicht auf Grün geschaltet hatte.

Mein Gott, wie unsinnig war das! Der Mensch war auf dem Mond, und die Berliner Mauer ist gefallen. Wie viele Generationen wird es dauern, bis die Menschen in dieser Stadt es schaffen, ihre Mentalität auch nur um ein Jota zu ändern?

Die Silvesternacht verlief ruhig.

Ich schaltete den Petroleumofen ein, setzte mich an den *Kotatsu* und begann mit der Arbeit an meinem Referat. Der Raum, der durch den schwachen Schein des Ofens erhellt wurde, hatte etwas Ätherisches an sich. Das Thema des Referats war ungewöhnlich interessant: Anhand von Details in der Geschichte mussten wir das Alter der Figur des „Sensei“ in Natsume Sōsekis *Kokoro* (Das Herz der Dinge) ermitteln.

Also verwandelte ich mich in dieser ruhigen letzten Nacht des Jahres in einen 2,7 Millimeter großen Detektiv, vergrub mich in einer Nachdruckausgabe von *Kokoro*, die ich vor langer Zeit in Jinbō-chō gekauft hatte, und wanderte durch verschiedene Orte des späten Meiji-Japan auf der Suche nach literarischen Hinweisen zur Lösung des Rätsels. Ab und zu kehrte ich in die Realität zurück, schaltete den Fernseher ein und zappte zwischen den Kanälen hin und her. Jeder Sender brachte den gleichen kindischen Müll. Als ich den Fernseher seufzend ausschaltete, konnte ich meine Verärgerung darüber nicht unterdrücken, dass wir in der gesamten Ferienzeit diesen Schrott zu sehen bekommen würden.

Die Glocken des Chion'in-Tempels läuteten das neue Jahr ein. Die düsteren Klänge wirkten eigentümlich einsam. Dennoch stimmten sie mein Herz positiv, denn ich spürte etwas Friedliches und Warmes in ihnen. Ich hörte das Lachen und die Schritte der Menschen, die sich am Shirakawa-Fluss entlang auf den Weg zum *hatsumōde* machten, dem ersten Gebet des Jahres in einem Tempel oder Schrein. Der Kerosingeruch meiner Heizung erfüllte den Raum, also öffnete ich das Fenster und ließ etwas frische, kalte Luft herein.

Indem ich die persönliche Geschichte jeder Figur mit dem historischen Umfeld des Romans verglich, konnte ich das Rätsel ohne Probleme lösen. Ich verbrachte viel Zeit damit, eine saubere Abschrift anzufertigen und kurz nach sieben Uhr morgens hatte ich die Arbeit fertiggestellt.

Als ich das Fenster wieder öffnete, war das neue Jahr bereits in vollem Gange. Sein eigentümlicher Duft strömte in mein Zimmer wie eine frühmorgendliche Meeresbrise, die sich in einen Hafen stiehlt.

Ich ging die Treppe hinunter zur Toilette, pinkelte und atmete dabei die frische Luft des Neujahrstages ein. Als ich meinen Reißverschluss hochzog, merkte ich, wie sehr ich mich darauf freute, Kyōko zu sehen. Ich war überhaupt nicht müde, mein Kopf war erstaunlich klar. Trotzdem schlief ich, als ich in mein Zimmer zurückkehrte und mich hinlegte, fast fünf Stunden lang.

Ich kehrte in die Küche zurück und wusch mir das Gesicht im Waschbecken mit kaltem Wasser. Auf dem Kühlschrank bemerkte ich einen Stapel nengajō-Postkarten mit Neujahrsgrüßen. Sie waren sorgfältig in Bündel aufgeteilt worden, die jeweils mit einem Gummiband zusammengebunden waren. Das dünnste Bündel war meines.

Ich zog mir meine Lederjacke über einen dicken Pullover und ging zu Mister Donut. Das Lokal war voll mit Gästen, die von ihrer *hatsumōde* zurückkehrten. Es gab alte Leute, reiche Leute, Kinder in Kimonos und viele andere Menschen, die ich hier normalerweise nie sah. Am Neujahrstag so eine Art von Geschäft zu betreiben, muss so einfach und lohnend sein wie das Schnappen von Zehntausend-Yen-Scheinen, die vom Himmel regnen.

Ich bestellte vier Donuts, Kaffee und Orangensaft und setzte mich an einen freien Platz am Tresen. Zuerst verschlang ich zwei der Donuts, dann trank ich die Hälfte des Orangensaftes. Als ich damit fertig war, zog ich das Bündel *nengajō* aus meiner Tasche. Ich nahm einen Schluck

Kaffee, und beim Essen der restlichen Donuts las ich die Karten – eine nach der anderen.

Die letzte war von Kyōko.

> FROHES NEUES JAHR!
> Ich weiß, es ist nicht das Jahr des Hasen, aber ich bin mir sicher, dass es ein wunderbares Jahr für Dich und Steevie wird. Bitte besuche uns auch in diesem Jahr wieder oft. Zwei wunderschöne Frauen warten schon sehnsüchtig auf dich. Ha, ha, ha!

Kyōkos Mutter hatte offensichtlich den Text geschrieben, aber die Botschaft war ganz sicher von Kyōko. Ich lächelte, steckte die Karten zurück in meine Jackentasche, schluckte den letzten Rest kalten Kaffees hinunter und ging.

„Frohes neues Jahr, Kyōko."

Kyōko sah dünner aus als vor einigen Wochen, und ihr glattes schwarzes Haar war länger. Sie trug Jeans und einen Pullover mit Norwegermuster. Obwohl er ihr stand, sah der Pullover eher aus wie ein Kleidungsstück, das man an der Sekretärin des Weihnachtsmannes erwartet hätte. Er erinnerte mehr an ein nordeuropäisches Weihnachten als an das japanische Neujahrsfest. Kleine Rentiere flitzten von rechts nach links über die sanfte Mulde in der Mitte ihrer Brust.

Sie antwortete nicht.

Ich warf einen Blick in die Plastikkiste in der Ecke des Wohnzimmers. Steevie lag zusammengerollt auf dem Rücken und starrte uns mit einem ruhigen und zufriedenen Blick an.

Kyōko zog ihre Hände unter dem *kotatsu* hervor und griff nach meinem Gesicht. Mit der Genauigkeit eines Präzisionsinstruments tasteten ihre schlanken Finger meine Stirn, Wangen und Lippen ab. Es war eine sanfte und unschuldige Berührung. Schließlich berührte sie mit ihrem Zeigefinger meine Unterlippe, als wolle sie prüfen, ob sie in der richtigen Position war. Im nächsten Moment hauchte sie zärtlich einen Kuss auf meine Lippen, die sie sachte befühlt hatte. „Frohes neues Jahr," sagte sie lächelnd.

Es war schon nach drei Uhr, als wir mit dem Essen begannen. Wie versprochen, erzählte ich von meinen Erfahrungen bei der Arbeit an dem

Yakuza-Projekt. Kyōko hörte zu, während sie sich darauf konzentrierte, mit ihren Stäbchen einige Lieblingsspeisen aus dem riesigen Angebot an Neujahrsköstlichkeiten herauszupicken. Sie war so geheimnisvoll und schön wie immer.

Als wir mit dem Essen halb fertig waren, wurde Saké serviert, und wir stießen gemeinsam an. Nach zwei oder drei Bechern wurde ich so gesprächig, dass ich mich über mich selbst wunderte. Als Kyōko und ihre Mutter der Geschichte von Kaizuka-oyabuns Kindheit lauschten, wurden sie ernst und bissen sich auf die Lippen. Aber als ich von dem Gorilla erzählte, der sich selbst mit seinen wassermelonengroßen Fäusten ins Gesicht schlug, brachen beide in Gelächter aus.

Mitten in meiner Geschichte begann Kyōko leise nach meiner Hand zu suchen. Ich merkte zuerst gar nicht, was sie da tat. Nachdem ihre Handfläche auf meiner Schulter gelandet war, glitt sie meinen Arm hinunter – wie bei einer Leibesvisitation auf einem Flughafen. Für den Bruchteil einer Sekunde tauschte ich einen Blick mit Kyōkos Mutter auf der anderen Seite des *Kotatsu* aus. Sie lächelte etwas schüchtern. Es war das erste Mal, dass ich einen solchen Ausdruck in ihrem Gesicht sah. Mein Herz pochte ohne Grund. Doch fast augenblicklich verriet ein Zwinkern in ihrem Augenwinkel, dass sie ihre Fassung zurückgewonnen hatte.

Kyōko tastete meine Finger ab.

„Gut so," sagte sie und lachte. „Du hast sie noch alle."

Auch Kyōkos Mutter und ich lachten.

„Oh, sie würden nie jemanden außerhalb ihrer Welt dazu zwingen, einen Finger abzuschneiden," sagte ich. Nach einem Moment des Nachdenkens fügte ich allerdings hinzu: „Zumindest glaube ich das nicht."

„Tatsächlich? Wie langweilig!" Und mit einem gelangweilten Blick ließ sie meine Hand los.

Wir tranken bis spät in die Nacht, und waren schließlich alle drei mächtig betrunken. Ich schaute auf die Uhr, aber in meinem Zustand dauerte es eine Weile, bis ich den Stundenzeiger scharf stellen konnte. Es war definitiv schon nach eins.

„Ich glaube, ich sollte jetzt gehen," sagte ich, weil ich das Gefühl hatte, dass die beiden jetzt lieber allein sein wollten.

„Es ist schon spät," sagte Kyōkos Mutter und legte ihre Hand auf meinen Arm. „Warum verbringen Sie die Nacht nicht hier? Wenn Sie sich jetzt erkälten oder krank werden, können Sie Ihre Arbeit nicht beenden."

„Oh, das will ich eigentlich nicht…“ Ich begann zu protestieren, aber Kyōko unterbrach mich.

„Für uns ist das kein Problem. Wir haben Futons, und wir werden die Kosten für Ihr Zimmer einfach in die Rechnung für Ihr Abendessen aufnehmen.“ Dann fügte sie in ihrer üblichen schelmischen Art hinzu: „Oder hast du etwa Angst, mit zwei Frauen unter einem Dach zu schlafen?“

Wir beschlossen, dass ich in dem kleinen Wohnzimmer schlafen würde, schoben den *Kotatsu* in eine Ecke und legten einen Futon neben Steevies Kiste. Ich blieb allein auf meinem Futon zurück und betrachtete den Raum, der in verträumtes Mondlicht gehüllt war. Abgesehen von dem leisen Geräusch, mit dem Steevie sein Essen mampfte, herrschte eine unwirkliche Stille im Haus.

Befreit von der Anspannung und Aufregung der letzten Wochen und von dem unheimlichen, beängstigenden Wunsch, nie wieder nach Kyōto zurückzukehren, den ich im Tätowierraum verspürt hatte, fiel ich in einen Zustand angenehmer Berauschung. In dem schummrigen Raum erinnerte ich mich an die Neujahrskarte von Kyōko, lächelte und sank in einen tiefen, an Bewusstlosigkeit grenzenden Schlaf.

Ich hatte keine Ahnung, wie viel Zeit verstrichen war. Jemand war im Zimmer, das spürte ich, als ich aus meinem traumlosen Schlummer erwachte. Ganz benommen drehte ich mich um und entdeckte, dass Kyōko da war.

Sie hatte sich auf meinen Futon geschlichen und sich neben mich gekuschelt. Sie war völlig nackt.

Eine Sekunde lang dachte ich, ich würde träumen. Aber die schwere Masse aus seidigem Haar an meinem Gesicht, die Wärme, die von ihrem Körper ausging, und der Duft von Vanille gemischt mit Weihrauch waren eindeutig real. Ich schlang meine Arme um ihren Rücken und zog sie sanft an mich.

„Bist du wach?“, flüsterte sie mir ins Ohr.

„Bist du es?“

„Ich fühlte mich ein wenig einsam, aber dann fiel mir etwas ein: Wenn wir die erste Nacht des Jahres zusammen verbringen, werden wir im Lauf des Jahres sicher noch viele weitere Nächte zusammen verbringen, oder?“

Sie streckte die Hand aus, tastete mit ihren Fingerkuppen nach meinem Gesicht und küsste mich sanft auf die Lippen.

„Wäre es nicht schön, morgen aufzuwachen und zu denken, dass sich eine geheimnisvolle Fee der Nacht in deine Träume geschlichen hat?“

„Sicher, das wäre schön. Aber mit einer Fee so nah und so nackt, werde ich nicht wieder einschlafen können."

Ich atmete tief ein.

Sie ignorierte meine Bemerkung und ließ sich langsam auf den Futon gleiten. Ohne Vorwarnung griff sie zwischen meine Beine und begann mich zu streicheln. Ich widerstand der Welle von Glück und Erregung, die mich überkam, und versuchte, sie wieder in meine Arme zu ziehen. Aber sie wehrte sich sanft.

„Meine Mutter wird uns hören, also beweg dich nicht."

Sie glitt an meinem Bauch entlang bis unter meine Taille. Ich schloss die Augen und vergaß das Mondlicht, das den Raum nun noch heller beleuchtete als zuvor, und auch das in Stille gehüllte Wohnzimmer. Gefesselt und verwirrt von Kyōkos Fingern und Lippen ließ ich mich von einer unwiderstehlichen Strömung mitreißen. Schon bald hatte sie mich im Mund und begann, mich zum Orgasmus zu führen. Der Strom steigerte sich zu einem unberechenbaren, wilden Ozean. Zitternd vor Lust ritt ich auf den Wellen, bis ich einen *kleinen Höhepunkt* erlebte und der Sturm sich legte.

Nach den kurzen Neujahrsferien nahm ich meine Abschlussarbeit, die schon lange wie eine schwarze Wolke über mir hing, in Angriff. Je eifriger ich mich in die Arbeit stürzte, desto mehr entwickelte sich das Schreiben und der Abgabetermin zu einer Obsession, die jeden Aspekt meines Lebens beherrschte.

Zunächst besuchte ich Kyōko weiterhin und las ihr Romane von Kaikō Takeshi, Murakami Haruki und anderen Autoren vor, die nichts mit dem Gebiet, in dem ich forschte, zu tun hatten. Aber als meine Arbeit belastender wurde, konnte ich mich immer schlechter konzentrieren, und gab meine Besuche schließlich ganz auf.

Zu dieser Zeit hatten wir eine Menge Schnee. Es war ein feuchter, schwerer Schnee, die Art Schnee, die nicht lange liegen bleibt. Graue, einsam aussehende Wolken hingen tief am Himmel, und die für Kyōto charakteristische Kälte drang in jeden Winkel des Hauses. Mein Kerosinofen gab sein bestes – Tag und Nacht – aber er wärmte mein Zimmer nicht richtig, so dass mir immer kalt war.

Es war mitten im Februar, spät in der Nacht.

Nebenan, im Kura-Lagerhaus spielten die Jungs Mah-Jongg und machten dabei, wie üblich, einigen Lärm. Auf meinem Schreibtisch, der mit Wörterbüchern, Nachschlagewerken, Papierbögen und

Schreibmaterial übersät war, sah es aus wie auf einem Modell eines Schlachtfelds im Hauptquartier einer Armee.

Die Kerle von nebenan gingen mir gehörig auf die Nerven, und so kramte ich in dem Durcheinander auf meinem Schreibtisch nach meinen Ohrstöpseln. Schließlich fand ich ein Paar in meinem japanischen Thesaurus. Sie waren dort so lange eingeklemmt gewesen, dass sie für immer in bizarre Formen gepresst zu sein schienen. Dass sie ursprünglich mal gelb gewesen waren, konnte man bei dem Schmutz, den sie angenommen hatten, kaum glauben. Das alles war mir jedoch egal, und ich rollte sie zu kleinen Kugeln zusammen und schob sie tief in meine Ohren. Ein paar Millimeter weiter und sie hätten mein Gehirn berührt. Dumpfe Stille umgab mich jetzt.

Für mich war das Schreiben dieser Arbeit die langweiligste und uninteressanteste Aufgabe der Welt. Trotzdem stellte ich nie den Sinn oder die Notwendigkeit meines Tuns in Frage. Tag und Nacht biss ich mich durch verworrene akademische Abhandlungen, und ich bemühte mich, interessante Zitate in meinen Text einzuflechten. Weniger als zwei Wochen hatte ich noch bis zum Abgabetermin, und ich war ständig in höchster Anspannung. Ich schwänzte alle Vorlesungen, nahm mir eine Auszeit von meiner Teilzeitarbeit und schloss mich in meinem zerwühlten Zimmer ein, in dem nun der Futon Tag und Nacht auf dem Boden ausgebreitet war. Es war beängstigend, wie schmutzig der Raum inzwischen war, und mitten in all dem Dreck kämpfte ich gegen einen beunruhigenden Schmerz in der Magengrube und gegen eine sich verfestigende Steifheit in den Schultern. Es half nichts, die fünfzigseitige Abschlussarbeit musste fertiggestellt werden

Als ich die dekorative Tokonoma-Nische vor meinen Augen betrachtete, kam ich ins Grübeln. Jeden Tag war ich in meinem Zimmer eingesperrt, ich ging nie spazieren und nur selten einkaufen. Mein Kopf war in diesem Projekt vergraben. Mir fiel ein, dass ich Kyōko seit zwei Wochen nicht mehr gesehen hatte. Was zum Teufel tat ich da? Welchen Zweck hatte das eigentlich?

Plötzlich kam mir eine Antwort, die aus zwei Wörtern bestand, in den Sinn: „Intellektuelle Selbstbefriedigung."

Ich hatte diesen Ausdruck zum ersten Mal von einem alten Freund, der vor einigen Jahren seinen Universitätsabschluss machte, gehört.

Es war an einem ruhigen Nachmittag im Frühsommer. Mein Freund hatte gerade eine schwierige Magisterarbeit mit dem Titel „Todesvorstellungen im Werk Goethes" eingereicht, eine Aufgabe, die ihn seit über zwei Jahren beschäftigt und auch zermürbt hatte. Wir lagen auf der Wiese des Campus vor einer großen Mauer, auf der Statuen, die wichtige Persönlichkeiten der protestantischen Reformation darstellten, aufgereiht waren. Ich starrte auf ein Eichhörnchen, das zwischen den Ästen eines hohen Ahornbaums hin und her flitzte.

Mein Freund hatte es geschafft, seine Abschlussarbeit einzureichen, allerdings hatte er einen hohen Preis dafür gezahlt: Geistig und körperlich war er nun völlig erschöpft. Sein Gesicht war blass, die Wangen eingefallen, und hässliche dunkle Ringes umgaben seine leeren Augen.

„Nun ja, zwei Jahre intellektueller Selbstbefriedigung liegen hinter mir," sagte er seufzend.

Schweigend starrte ich ihn an. Ich fand das recht amüsant, verstand aber eigentlich nicht ganz, was er meinte.

„Weißt du was, in den letzten zwei Jahren habe ich nur mit mir selbst gespielt," fuhr er fort. „Indem ich mich mit merkwürdigen Argumenten und Theorien herumgeschlagen und Goethe – der sich meine Existenz nicht einmal vorstellen konnte – meine eigenen schrulligen Interpretationen aufgezwungen habe, konnte ich sein Werk so verdrehen, dass es meinen eigenwilligen Zielen entsprach, und in meine eigene kleine Fantasiewelt eintauchen. Das ist alles, was ich in den letzten zwei Jahren gemacht habe. Man kann es Literaturforschung nennen, dann klingt es wichtig, aber im Grunde ist es nichts als Selbstbefriedigung."

Das Eichhörnchen kreiste um den Stamm des Ahornbaums und arbeitete sich in schwindelerregende Höhen hinauf. Während ich seine flinken Manöver beobachtete, wartete ich darauf, dass mein Freund weiterredete.

„Meine Schlussfolgerungen gehen wahrscheinlich weit über den eigentlichen Sinn von Goethes Texten hinaus. Sie sind völlig losgelöst von seinen Intentionen und nichts weiter als das Ergebnis meiner eigenen willkürlichen Vorstellungen. Das ganze Unterfangen war völlig unkreativ und deprimierend sinnlos. So empfinde ich es jetzt."

Ich verlor das Eichhörnchen aus den Augen und schaute zu meinem Freund hinüber. Er sah bedrückt aus, zwang sich aber zu einem Lächeln.

„Es ist, als würde man seiner Fantasie über ein süßes Mädchen, das einem völlig fremd ist, freien Lauf lassen, damit man sich einen runterholen kann. Was ich gemacht habe, funktionierte genauso: Es war nichts anderes als Selbstbefriedigung."

Ich verstand, was er meinte.

„Richtig, intellektuelle Selbstbefriedigung..." Ich wiederholte den Ausdruck mit einer gewissen Bewunderung.

Als ich in meinem kleinen Zimmer in Kyōto saß, zehntausend Kilometer von diesem Rasenstück entfernt, erinnerte ich mich an unser

Gespräch. Ich zitierte aus akademischen Artikeln, die ich kaum verstand, und versuchte, irgendeine neumodische Interpretation zu finden, und fragte mich, ob ich nicht einfach nur die sterile und gleichzeitig faulige Tätigkeit verrichtete, die mein Freund als *intellektuelle Selbstbefriedigung* bezeichnet hatte.

Ich wurde immer deprimierter.

Draußen war es stockdunkel. Dank der Ohrstöpsel war die Welt absolut still, abgesehen von dem seltsamen Geräusch in meinem eigenen Kopf, das dem leisen Brummen eines U-Boot-Motors glich. Das quadratische Fenster der *Kura* auf der anderen Seite der Gasse war beleuchtet. Sie spielten immer noch Mah-Jongg. Ich sagte mir, dass ich wohl der einzige Mensch auf der Welt war, der in einer so kalten Februarnacht an einer Abschlussarbeit arbeitete.

Ich drehte mich wieder zu dem karierten japanischen Manuskriptpapier auf meinem Schreibtisch um. Der Strom der kleinen Schriftzeichen, der senkrecht die Seite hinunterlief, hörte am unteren Ende der zweiten Spalte auf, wie Lava, die durch einen Anstieg des Bodens plötzlich hart geworden war. Der komplette, sehr große linke Teil der Seite war hoffnungslos leer. Er ähnelte der weißen Fläche, die den ganzen Winter lang über Sibirien liegt.

Ich nahm meinen Bleistift wieder in die Hand und stellte mich auf stundenlanges konzentriertes Arbeiten ein. Gerade als ich begann, die Außenwelt zu vergessen, drang ein lautes Geräusch durch meine Ohrstöpsel. Ich nahm an, dass Steevie, der die ersten Anzeichen von Hunger verspürte, ein SOS an seinen Besitzer sandte, der sowohl seine Existenz als auch den Nahrungsnachschub, der diese Existenz sicherte, vergessen hatte. Ich beschloss, sein Notsignal zu ignorieren, bis es für mich passend war, eine Pause einzulegen.

Es gab einen weiteren dumpfen Schlag. Das war der Tropfen, der das Fass zum Überlaufen brachte! Ich stellte mir vor, wie ich das mollige kleine Kerlchen kochen würde, knallte meinen Bleistift hin und wollte gerade aufstehen.

Als ich den Kopf hob, bekam ich fast einen Herzstillstand. Jemand stand im schwach beleuchteten Eingangsbereich des Raumes.

Es war Kyōko.

Eine Weile dauerte es allerdings, bis ich mir im Klaren darüber war. Ich konnte nicht sprechen. Außer dem heftigen Klopfen meines Herzens schien alles zum Stillstand gekommen zu sein.

Allmählich setzte sich mein Gehirn wieder in Bewegung. Was ich für den Lärm von Steevies dreistem Aufstand gehalten hatte, waren in Wirklichkeit die Geräusche von Kyōko, die die klapprige

Erdgeschosstür geöffnet und geschlossen hatte, sich den Flur entlang getastet hatte und die steile Holztreppe hinaufgestiegen war. Das laute Klopfen, das mich aus der unnötigen Aufregung über mein Papier zurück in die Realität gerissen hatte, musste sie beim Schließen der Tür gewesen sein, nachdem sie das Zimmer betreten hatte.

„Hey, du hast mich ganz schön erschreckt!", rief ich Kyōko zu, die jetzt an der Tür stand. „Ich war nahe am Herzinfarkt!"

Sie antwortete etwas, aber kein Ton kam von ihren sich bewegenden Lippen.

Ich erinnerte mich daran, dass ich Ohrstöpsel trug und zog sie heraus. Ich stand auf und zog Kyōko sanft in meine Arme.

„Das ist ja wirklich eine Überraschung," flüsterte ich ihr zu.

„Ich *wollte* dich überraschen," sagte sie mit ernstem Gesicht.

Ich lachte „Ja, das ist dir allerdings gelungen."

Was mich jedoch am meisten überraschte, war, dass sie den ganzen Weg so spät in der Nacht zu Fuß bewältigt hatte. Natürlich war sie schon oft bei mir gewesen, trotzdem konnte ich es einfach nicht fassen, dass sie es geschafft hatte, den ganzen Weg allein zu laufen – durch stockfinstere Straßen in einer mondlosen Nacht.

Gerade als ich sie danach fragen wollte, hielt ich ihr den Mund zu und umarmte sie noch fester. Wie blöd war ich eigentlich! Was war nur los mit mir? Für Kyōko machte es doch gar keinen großen Unterschied, ob es eine mondlose Winternacht oder ein Nachmittag im Hochsommer war.

Es herrschte eine kurze Stille.

„Tut mir leid, dass ich dich so erschreckt habe. Aber ich habe mehrmals angerufen, und ich bin nicht durchgekommen. Ich hab' mir Sorgen gemacht und gedacht, ich schau' mal vorbei. Um zu sehen, was los ist." Ihr warmer Atem strich über meinen Nacken, während sie sprach.

„Ich habe meine Telefonrechnung schon eine Weile nicht mehr bezahlt. Wahrscheinlich haben sie mir die Leitung abgestellt."

Kyōko wich leicht zurück.

„Es ist kalt. Ich bin bis auf die Knochen durchgefroren. Hey, warum gehen wir nicht ins öffentliche Bad?"

Ich warf einen Blick auf meine Uhr. Es war elf Uhr dreißig. Wenn wir uns beeilten, könnten wir es noch rechtzeitig schaffen. Ich rieb mir mit der Hand über den Nacken. Der Bereich unterhalb meines Kinns fühlte sich so schmuddelig an, dass er mich an das unrasierte Gesicht des PLO-Vorsitzenden Jassir Arafat erinnerte.

„Auja. Ich sollte mich wirklich mal wieder waschen."

Ich packte Seife, Shampoo, einen Rasierer, eine Zahnbürste und Zahnpasta in meine Waschschüssel und bedeckte die Sachen mit zwei gefalteten Handtüchern. Dann legte ich Kyōkos Hand auf meinen Ellbogen, und wir gingen hinaus.

Die Abendluft war kühl. Zum Badehaus war es nicht weit, und wir liefen zügig. Als wir ankamen, reichte ich Kyōko ein Handtuch, sagte ihr, dass wir uns gegenseitig rufen sollten, wenn wir fertig waren und hielt ihr die Tür zur Frauenabteilung auf.

Ich betrat die Männerabteilung. Die wenigen verbliebenen Badegäste waren beim Gehen.

„Guten Abend, und willkommen!" sagte die Bademeisterin in ihrem gewohnt freundlichen Ton. Während ich ihr das Geld für uns beide reichte, sagte ich: „Ich wäre Ihnen dankbar, wenn Sie ein Auge auf meine Freundin hätten."

Ehe ich mich versah, war ich allein. Als ich mich nach dem Abduschen umdrehte, war auch der letzte Gast verschwunden. Die Uhr an der Wand zeigte, dass es Mitternacht war. Ich spähte in die Umkleidekabine und bemerkte, dass die Frau den Noren – einen traditionellen japanischen Vorhang – am Eingang abgenommen hatte und draußen putzte.

In diesem Moment wurde mir deutlich bewusst, dass ein etwas irrer Impuls in mir aufstieg: Ich wollte Kyōko nackt sehen, ohne dass sie es bemerkte. Von der anderen Seite der Trennwand hörte ich das Geräusch von plätscherndem Wasser und das leichte Atmen von jemandem, der ein Bad genießt. Diese Geräusche vermittelten mir ein überdeutliches Bild von Kyōkos Körper.

Ich trat auf die schmale Fliesenkante, die für Seife und andere Toilettenartikel gedacht war, direkt über der Reihe der Wasserhähne, und zog mich an der Wand hoch. Auf Zehenspitzen konnte ich hinüberschauen. Ich wunderte mich, wie schnell, gewandt und gelenkig ich agierte.

Wie erwartet, war Kyōko die Einzige, die dort war. Sie stand da und trocknete sich mit einem Handtuch ab. Ihr langes, nasses Haar lag auf ihrer Schulter und verdeckte die rechte Brust. Die sanften Kurven ihres Körpers nachzeichnend, tupfte sie langsam die unzähligen Tröpfchen weg, die strahlend hell auf ihrer Haut glitzerten.

Kyōkos Körper war unvorstellbar schön. Sie tastete nach dem Wannenrand, hob ein Bein an, um ihren Fuß darauf zu stellen, und strich mit dem Handtuch über ihren festen Oberschenkel. Wie betäubt starrte ich auf ihr Profil, ihre Schultern, ihre Brust und ihre Beine. An der Wade ihres angehobenen Beins blieb etwas Seifenlauge zurück. Ihr Körper war glatt und weiblich. Sie lächelte entspannt, senkte ihr Bein und trocknete ihren Schritt ab.

Ich war nun äußerst erregt, und ein bestimmter Teil meiner Anatomie stieß gegen die Wand. Egal wie freundlich die Frau am Eingang auch sein mochte, wenn sie mich so erwischen würde, wäre das mehr als unangenehm. Sachte verließ ich meinen Beobachtungsposten und nahm eine kalte Dusche.

Später in meiner Studentenbude erkundete ich mit meinen Lippen jeden Winkel des Körpers, den Kyōko so sorgfältig abgetrocknet hatte. Die Berührung und der Duft machten mich wild, und mein Herz hüpfte vor Freude. Kyōko lächelte, schlang ihre Arme um mich und zog mich tiefer hinunter. Ich konnte spüren, wie sich ihre Fingernägel in mein Fleisch gruben und hielt sie sanft an den Hüften fest. Dann glitt ich über die glatte, zarte Haut ihres Bauches hinunter. Sie keuchte heftig.

„Weißt du, ich habe dich im Bad beobachtet," gestand ich mit Blick auf den sanften Abhang unter mir. Sie zog mein Gesicht nah an ihres, lächelte und küsste mich mit ihrer üblichen Präzision auf die Lippen.

„Das habe ich gemerkt."

„Wirklich? Du hast es die ganze Zeit gewusst?"

„Und mein Körper, wie war er?"

Ich wich ein wenig zurück und warf im schwachen Licht des Petroleumofens einen weiteren Blick auf sie.

„Du hast einen sehr schönen Körper."

„Auch im Vergleich zu anderen Frauen?"

„Es gibt schon Unterschiede," begann ich etwas ratlos. „Aber die meisten Körper sind ungefähr gleich."

„Mein Körper ist also nichts Besonderes?"

„Oh nein, deiner ist schon etwas ganz Besonderes," sagte ich und umarmte sie so fest ich konnte.

Die Heizung war ausgegangen, ohne dass ich es bemerkt hatte. Trotzdem lag noch eine gewisse Wärme in der Luft. Ich zog Kyōkos Pullover über meinen nackten Körper, stand auf und öffnete das Fenster einen Spalt. Nebenan, im Lagerhaus, war es ruhig. Weiter vorne, in Richtung der Sanjō-dōri-Allee, konnte ich in der Nähe der Straßenlaternen sachte fallenden Schnee sehen.

Während ich geistesabwesend auf meinen weißen Atem starrte, der in die Nacht hinausgesaugt wurde, wurde mir bewusst, dass genau ein Jahr vergangen war, seit ich Kyōko zum ersten Mal getroffen hatte.

„Wir sind wirklich enttäuscht von Ihnen."

„Ja wirklich. Wir sind richtig enttäuscht."

Dies waren die ersten Worte, die ich bei meiner mündlichen Prüfung zu hören bekam Sie trafen mich wie ein Doppelschlag und hingen mit einer seltsam unwirklich in der Luft.

Im Seminarraum herrschte eine ganz andere Atmosphäre als sonst. Die Tische waren vor den Fenstern aufgereiht, und hinter einem von ihnen saßen mein Professor und ein junger Assistent, beide mit missmutigen Blicken. Vor der Tischreihe stand ein kleiner, einsamer Hocker. Die ganze Anordnung erzeugte eine unglaublich düstere Stimmung.

Das Sitzen auf dem Hocker gab mir einen Vorgeschmack darauf, wie sich ein zu Unrecht angeklagter Angeklagter unter den verurteilenden Blicken der Geschworenen fühlen muss. Ich versuchte, mich an die attraktiven Beine von Koike zu erinnern, aber die bedrückende Atmosphäre machte diesen schwachen Versuch, mich zu entspannen, schnell zunichte. Die Abschlussarbeit, die mir so viel Mühe bereitet hatte, lag vor mir auf dem Tisch.

„Wir sind wirklich enttäuscht von Ihnen," wiederholte mein Professor, als wolle er es mir noch einmal deutlicher unter die Nase reiben.

„Zunächst einmal ist dieser Fehler nicht zu übersehen," sagte der junge Assistent, schnappte sich die Abschlussarbeit und deutete mit seinem zittrigen, schlanken Finger auf den Titel. Ich blinzelte, um zu sehen, was der entscheidende Fehler sein könnte, war aber zu weit weg, um den Makel zu erkennen, auf den er hinwies. Mit meiner Arbeit in der Hand stand er auf und ging auf mich zu, ohne mir dabei in die Augen zu sehen.

„Dieses *Kanji* ist nicht richtig geschrieben," sagte er in einem merkwürdig schrillen Tonfall. „Es ist nur sehr geringfügig, aber man kann deutlich erkennen, dass dieser obere Strich auf der rechten Seite hervorsteht, was zweifellos falsch ist." Während er sprach, starrte er immer wieder hinter mich, was den Anschein erweckte, dass dort wirklich eine Jury sitzen könnte. Ich drehte mich unwillkürlich um, aber es war natürlich niemand da.

„Für einen Studenten, der japanische Literatur studiert, ist ein Fehler im Japanischen des Titels unentschuldbar."

Zum Teufel! Was sollte man darauf antworten?

Als Nächstes öffnete mein Professor die Arbeit und nahm sich beim Durchblättern unerträglich viel Zeit. Ich war so nervös, dass ich meine Position verändern wollte, aber schon die kleinste Bewegung ließ den Stuhl quietschen, was einen unheimlichen Hall im Raum erzeugte.

„Sie erwähnen, dass der Protagonist eine Zeit lang in Onomichi gelebt hat," sagte mein Professor, als er endlich seinen Blick von den Seiten hob. „Aber wenn Sie den Zusammenhang zwischen dieser Szene und dem Leben des Autors nicht erwähnen, verfehlen Sie den Sinn des Romans völlig.“

„Ich habe das in meinen Fußnoten ausführlich beschrieben…“, begann ich, hielt dann aber inne. Fußnoten? Sie hatten sich offensichtlich nicht die Mühe gemacht, sie zu lesen. Daran bestand kein Zweifel. Sie hatten sich sicher nicht so viel Mühe gemacht. Und dann dämmerte es mir. Wahrscheinlich hatten sie die Arbeit nicht einmal ganz gelesen. Das hatte ich im Gefühl. Sie stellte mir nun etliche Fragen, aber anstatt mein eigenes Wissen zu testen, wurde es immer offensichtlicher, dass keiner von ihnen den Text richtig gelesen hatte. Was für ein Affenzirkus! Angewidert beantwortete ich die Fragen einigermaßen passabel und stürzte nach zehn Minuten fluchtartig aus dem Raum.

Eine Weile stand ich einfach nur fassungslos im Flur. Der unerträgliche Stress, der sich während des Verfassens dieser Arbeit aufgebaut hatte, war plötzlich verschwunden, und mir war nach lautem Lachen zumute. War dies der Abschluss von vier Jahren Studium? Hatte ich all diese Bücher gelesen, all diese Texte geschrieben und all diese Ängste ausgestanden, nur um dieses Känguru-Gericht einer mündlichen Prüfung zu erleben? Was für ein böser Scherz! Ein Gefühl der Leere und Bedeutungslosigkeit überkam mich, und allmählich stieg Wut in mir auf.

Ich schlenderte den Flur entlang. Ein anderer Student hatte nun anscheinend den Seminarraum betreten, aber ich hatte keine Ahnung, wer es war. Erneut hörte ich die schimpfende Stimme meines Professors und die schrille Stimme des Assistenten. Ich beschleunigte meinen Schritt. In diesem Moment kam mir ein Bild von Kaizuka-oyabun in den Sinn. „Literatur ist nichts, was man an der Uni studieren sollte, oder?“, hatte er gesagt. Das kannst du laut sagen! Ich wollte so schnell wie möglich von dort verschwinden.

Am Nachmittag wimmelte es auf dem Campus wie immer von Studenten. Ich sah einige meiner Kommilitonen, die sich für Vorstellungsgespräche herausgeputzt hatten, aber ich war nicht in der Stimmung für Gespräche. Wer interessierte sich schon für Literatur, Masterarbeiten und mündliche Prüfungen? Die Jobsuche ist der schwierige Teil, der Abschluss ist nur eine Formalität. Das war es, was ihre strahlenden Gesichter sagten. Ohne einen Zwischenstopp in der *Dejima*, dem Aufenthaltsraum für ausländische Studenten, zu machen, ging ich direkt zu meinem Roller. Die Luft war furchtbar kalt, und der Himmel über der Stadt war grau.

Als ich in Kyōkos Haus ankam, war sie nicht da. „Sie ist zum Einkaufen gegangen," sagte ihre Mutter. „Aber sie wird gleich zurück sein, also kommen Sie doch herein und warten Sie."

Wir tranken Tee im Wohnzimmer. Kyōkos Mutter machte Smalltalk. Ich antwortete, so gut ich konnte, aber ich hatte andere Dinge im Kopf. Als sie merkte, dass ich abgelenkt war, hörte sie auf zu reden. Sie schaute mir mit dem ihr eigenen liebevollen Blick in die Augen und suchte nach einer Antwort. Als sie jedoch merkte, dass ich nicht reden wollte, plauderte sie mit ihrer fröhlichen Stimme weiter.

Eine halbe Stunde später war Kyōko zurück. Mit zwei großen Einkaufstüten in den Händen sah sie – ganz im Gegensatz zu mir – strahlend und fröhlich aus. Unfähig, meine Gefühle zu sortieren, fühlte ich mich wie jemand, der versucht, ein Boot mit kaputtem Ruder über einen dunklen Ozean zu manövrieren. Ich sehnte mich nach etwas. Ich hatte keine Ahnung, wonach, aber ich hatte dieses intensive Verlangen nach etwas.

Kyōko setzte sich zu uns an den *Kotatsu* und mit heller fröhlicher Stimme fragte sie: „Und, ist die mündliche Prüfung gut gelaufen?"

Ich schwieg, und langsam dämmerte mir, was ich brauchte. Ich wartete, bis sich meine Gefühle gelegt hatten.

Als ich meinen Tee ausgetrunken hatte, sagte ich: „Kyōko, lass uns etwas lesen."

Kyōko konnte ihre Überraschung nicht verbergen. „Jetzt?", antwortete sie mit verblüfftem Blick. „Du willst jetzt vorlesen, ausgerechnet jetzt?"

„Ja, ich möchte jetzt vorlesen, so wie früher." Ich lächelte.

Es war erst drei oder vier Uhr nachmittags, aber der düstere, einsame Schleier der Dämmerung hing über dem Garten, und das Nachbarhaus mit seinem niedrigen Verbindungsgang begann zu verschwinden.

„Na dann, viel Spaß beim Lesen," sagte Kyōkos Mutter und verließ das Zimmer.

Ich stand auf, ging zu dem Bücherregal mit den alten Büchern und suchte nach etwas Passendem. Während ich die Bücher in der Hand hielt und die ersten Passagen las, verflüchtigte sich allmählich das Gefühl der Unzufriedenheit, eine Mischung aus Niedergeschlagenheit und Verlust, das mich seit der mündlichen Prüfung begleitete. Es war, als würde sich der Morgennebel, der die Ebenen der Mongolei bedeckte, langsam in Luft auflösen.

Ich entschied mich für *Suna no Onna* (Die Frau in den Dünen) von Abe Kōbō und kehrte zum *kotatsu* zurück. Um ehrlich zu sein, hätte es auch *Der kleine Prinz*, *Gullivers Reisen* oder irgendetwas anderes sein können. Ich wollte einfach nur in die ruhige Stimmung eintauchen, die mit dem Vorlesen einherging, eine Stimmung, die ich in der Vergangenheit so oft mit Kyōko geteilt hatte.

Ich schlug meine Beine übereinander und öffnete Abes Roman. Das Ende des Lesezeichenbands war so schmutzig, dass es wie der Schwanz einer Maus aussah, die jahrelang in einer Großstadt herumgeirrt war. Nachdem ich den Mäuseschwanz einen Moment lang angestarrt hatte, begann ich zu lesen.

Ich las zügig und mit fester Stimme. Den Anfang des Buches fand ich sehr überraschend und daher vielversprechend. Die Schrift war leicht zu lesen, und meine Stimme trug die Töne mühelos zu Kyōkos zart aufmerksamen Ohren. Allmählich erlangte ich meine Fassung wieder. Das Gefühl der Erleichterung, das mich überkam, hatte eine ähnliche Dynamik wie die Flut, die von der Schwerkraft des Mondes angezogen wird. Es fiel mir nicht schwer, laut zu lesen, allerdings schenkte ich dem Inhalt immer weniger Beachtung. Es war nicht so, dass ich den Sinn nicht verstanden hätte; es war nur so, dass das Verstehen gar nicht so wichtig war. Ich wollte einfach nur eine bestimmte Atmosphäre schaffen, und der Inhalt des Buches war zweitrangig.

Ich ertappte mich dabei, dass ich über ganz andere Dinge nachdachte. Meine vier Jahre als ausländischer Student kamen mir in den Sinn. Und da ich wohl doch nicht der ganz schlaue Typ bin, der vorlesen kann und dabei über etwas anderes nachdenkt, brach mein Vortrag abrupt ab.

„Schon fertig?“, fragte Kyōko mit demselben verblüfften Gesichtsausdruck wie zuvor.

Ich schwieg. Bei der Lektüre von Abes Roman wurden mir alle möglichen Dinge bewusst, die eigentlich gar nichts mit dem Inhalt zu tun hatten. Es war schwer in Worte zu fassen, aber in diesem Moment spürte ich einen Stoß, als ob ich gegen eine Wand gelaufen wäre… Kyōto war eine leblose Stadt.

Sowohl die imaginäre Welt, die ich mir erschaffen hatte, als auch die Stadt, die tatsächlich existierte, waren unwiderruflich tot. Ich hatte hier viel erwartet und mir so viele Entdeckungen erhofft! Aber am Ende hatte ich nichts bekommen. Das Königreich war leblos.

Mit der Stadtkulisse und den Blicken der Leute im Hintergrund schossen mir alle möglichen Bilder durch den Kopf: die Berliner Mauer, der Tätowierraum, der Titel meiner Abschlussarbeit und vieles mehr. Und dann wusste ich: In naher Zukunft würde ich diesem stagnierenden Ort entkommen und zu meinem Nomadenleben zurückkehren müssen.

„Hallo! Bist du noch da? Was ist denn los?“ Kyōkos Stimme erreichte mich wie aus weiter Ferne.

„Tut mir leid, ich habe über etwas nachgedacht.“ Ich nahm das Buch wieder in die Hand. Hätte ich ihr in diesem Augenblick einfach gesagt, was ich auf dem Herzen hatte, hätten wir uns wahrscheinlich ganz anders getrennt. Aber ich ließ die Gelegenheit leider ungenutzt verstreichen. Es kam mir nicht in den Sinn, dass ich vorausdenken sollte.

Danach las ich fast zwei Stunden lang *Die Frau in den Dünen* vor. Mit leerem Kopf, ohne etwas zurückzuhalten oder hinzuzufügen, las ich die Sätze einfach laut vor: „Es gab keinen Grund, sich mit der Flucht zu beeilen. Die Fahrkarte für die Hin- und Rückfahrt, die er jetzt in der Hand hielt, war unbeschriftet, und er konnte das Ziel und den Ort der Rückkehr so ausfüllen, wie er wollte.“

Ich hatte noch nie so lange laut gelesen. Erstaunlicherweise wurde ich gar nicht müde. Abgesehen von meiner Stimme war es in dem kleinen Wohnzimmer völlig still. Alles, außer Kyōkos leisem Blinzeln und der Bewegung meiner Hand, die die Seiten umblätterte, war bewegungslos. Irgendwann überkam mich die Illusion, dass meine Stimme nicht meine Stimme war und dass Abe Kōbōs Roman seine Realität als Roman verloren hatte.

Das war das letzte Mal, dass ich ihr vorlas.

Ich beschloss, bei meiner Abschlussfeier aufzutreten. Dieses Ritual erschien mir notwendig und sollte ein Symbol für das Ende meines Studentenlebens sein. Vier Jahre lang hatte ich mich auf diesen Tag gefreut, aber nun fühlte ich mich innerlich leer. Ich war so unglücklich und frustriert, als würde ich der Hochzeit einer ehemaligen Freundin beiwohnen, die einen anderen Mann gefunden hatte.

Mein Freund aus dem Fachbereich Englische Literatur, der offenbar mit Auszeichnung abgeschlossen hatte, erschien als Vertreter seines Kurses auf der Bühne. Er verbeugte sich nervös vor dem Universitätspräsidenten und nahm sein Diplom entgegen. Danach hörten wir uns die langatmige Rede des Präsidenten an.

„In dem langen Leben, das vor Ihnen liegt, werden Sie auf viele Schwierigkeiten stoßen. Sie werden Entbehrungen erleiden müssen, und Sie werden durch den Schlamm kriechen müssen. Aber ohne zu klagen, müssen Sie Ihr Bestes geben und niemals das Streben nach Wahrheit und edlen Zielen aufgeben. Nur wenn man die Widrigkeiten überwindet, kann man die Schönheit des blauen Himmels wirklich schätzen…“

Mein Gott! Wenn man Hunderte von jungen Menschen in eine ungewisse Zukunft entlässt, sollte man vielleicht ein bisschen positiver sein, selbst wenn man dafür ein oder zwei Lügen auftischen muss. Aber um die Wahrheit zu sagen, belastete mich Kyōkos Anruf vom Vorabend viel mehr als die Rede des Präsidenten.

„Ich habe mich entschlossen, die Stelle doch anzunehmen," hatte sie gesagt. „Heute kam ein Anruf von der Personalabteilung des Unternehmens, das mir eine Stelle angeboten hatte. Sie wollten eine Antwort. Sie hatten schon lange nichts mehr von mir gehört und waren deshalb etwas verwundert. Es scheint, als hätten sie noch nie blinde Mitarbeiter eingestellt, also müssen sie einiges vorbereiten."

Ich hatte nichts darauf geantwortet.

„Natürlich habe ich ihnen gesagt, dass ich die Stelle annehme. Lange Zeit wusste ich einfach nicht, was ich tun sollte. Mein derzeitiges Leben, in dem ich einfach nur faulenze, ist problemlos und macht viel Spaß, aber ich lebe in den Tag hinein. Ich habe keine Ziele und weiß nicht, in welche Richtung ich mich bewegen soll. Dadurch fühle ich mich manchmal sehr unsicher."

Ich hatte schmerzlich verstanden, was sie meinte, aber einen Moment lang hatte ich nicht darauf reagiert.

„Ich finde es wunderbar, dass du neue Dinge ausprobierst. Wie ich dich kenne, wirst du das sicher gut machen."

„Glaubst du wirklich? Selbst wenn ich die Stelle annehme, wirst du mich also weiterhin bedingungslos unterstützen? Weißt du, Tōkyō ist gar nicht so weit weg. Wir könnten uns treffen, wann immer du willst." Sie schien bereits davon zu träumen, dort zu leben.

„Ich glaube schon," hatte ich vage geantwortet, denn ich hatte irgendwie das Gefühl, dass Kyōkos Entscheidung auch mein Schicksal besiegelt hatte.

Als die Rede des Präsidenten, die eher einem Gedenkgottesdienst glich, schließlich zu Ende war, begaben sich alle Studenten der japanischen Literatur in einen Seminarraum im Nebengebäude. Wir gaben unsere Studentenausweise ab und erhielten im Gegenzug unsere Diplome. Es war eine äußerst geschäftsmäßige, völlig emotionslose Transaktion. Ach du meine Güte! Es war, als ob wir nur ein Stück Papier austauschen würden. Wie anders ist da die Extravaganz und die Freude einer amerikanischen Abschlusszeremonie, bei der tausend Doktorhüte gleichzeitig hoch in den blauen Himmel geworfen werden und dann wieder auf einen schönen grünen Rasen herunterfallen.

Mit der lilafarbenen Mappe, in der mein Diplom aufbewahrt war, unter dem Arm ging ich auf den Flur hinaus und betrachtete die Landschaft vom Fenster aus. Es war ein schöner aber sehr windiger Morgen. Die Wipfel der Bäume im Gelände des Kaiserpalastes von Kyōto schwankten wie unzählige grüne Wellen. Ich sah ein junges Paar, das Hand in Hand auf dem Kiesweg unter den Bäumen spazieren ging, was mir einen Stich ins Herz versetzte.

Der Sinn stand mir nach einer neuen Reise; ich wollte neue Orte finden, Orte, die die Sehnsucht in meinem Herzen stillen würden. Die Zeit für eine Aussprache mit Kyōko – das wusste ich auf einmal – war gekommen.

Am Abend vor ihrer Abreise nach Tōkyō sah ich Kyoko zum letzten Mal. Ein großer Vollmond schien über uns, als wir auf einer Bank im Maruyama-Park saßen. Da sie wohl ahnte, was ich sagen wollte, hatte sie einen sehr kleinen, aber ungewöhnlichen Abstand zwischen uns gelassen.

Ich erklärte so präzise wie möglich, warum ich Japan verlassen wollte.

„Ich habe genug von dieser Stadt. Ich bin sicher, dass man hier tolle Besichtigungstouren machen kann, aber ich fühle mich wie ein Fremdkörper."

Wahrscheinlich war mir klar, dass ich Kyōko verletzen würde, und daher entglitten mir die notwendigen Worte und weigerten sich hartnäckig, zurückzukommen.

„Wie soll ich es ausdrücken? Seit ich hier bin, möchte ich mich der japanischen Lebensart anpassen, sehne ich mich nach Akzeptanz in einer neuen, unbekannten Welt. Aber entgegen meinen Erwartungen hat mich diese Stadt einfach nicht angenommen. Zumindest empfinde ich das so. Ich weiß nicht, warum mich das so aufregt. Es ist wirklich seltsam. Irgendetwas an diesem Land – oder an dieser Stadt – vermittelt Ausländern dieses Gefühl. Vielleicht unterscheide ich mich einfach zu stark von meiner Umgebung, oder vielleicht habe ich zu sehr versucht, mir eine besondere Nische zu schaffen, in der mich alle akzeptieren."

Kyōko rührte mit der Spitze ihres Schuhs den Kies unter der Bank um.

„Das ist ganz schön unfair, findest du nicht?", argumentierte sie. „Ich meine, Kyōto hat sicherlich eine besondere Atmosphäre. Aber eine Stadt, in der alle möglichen Leute leben, ist doch nichts, was einen eigenen Willen hat, oder?"

„Da hast du wahrscheinlich Recht. Wenn man es genau nimmt, ist mein Gefühl, nicht angenommen zu werden, nur meine subjektive, persönliche Voreingenommenheit. Aber ob es nun ein Verfolgungswahn ist, oder was auch immer…"

Ich hielt für eine Sekunde den Atem an.

„… Ich möchte weg von hier."

Kyōkos Füße bewegten sich nicht mehr. Ich spürte die Anspannung in ihrem Körper. Ein Ausdruck von Einsamkeit und Schmerz überzog ihr Gesicht. Diese Emotion brach so natürlich durch, wie sie früher den Wellen der Lust nachgegeben hatte.

„Weg von hier … wo willst du hin?“, fragte sie mit trockener Stimme.

Ich suchte wieder nach den richtigen Worten. „Ich weiß es noch nicht, aber ich muss hier fort. Solange ich hierbleibe, werde ich mich fremd und fehl am Platz fühlen. Wenn ich keine Veränderung herbeiführe, wird es schwierig für mich. Ich spüre es einfach. Wenn ich noch länger bleibe, werde ich erdrückt.“ Die Worte schienen in der Luft um uns herum zu stehen.

„Gut, dann lass uns zusammen nach Tōkyō gehen. Du hast deinen Abschluss gemacht, also bin ich sicher, dass du eine Stelle finden kannst. Sogar ich habe etwas gefunden.“

Ich schwieg.

Kyōko las meine Gedanken mit dem gleichen Scharfblick wie die Wahrsager im Park.

„Nein, das ist es nicht, oder?“, sagte sie mit trauriger und leicht zitternder Stimme. „Du willst deine Flügel ausbreiten und alleine irgendwo weit weg gehen, nicht wahr?“

Ich wusste zwar, dass nichts ihre Traurigkeit lindern würde, aber bevor ich mich versah, fing ich an, rationale Erklärungen zu geben.

„Als ich im letzten Herbst den Fall der Berliner Mauer im Fernsehen sah, veränderte sich etwas in mir, das nicht mehr rückgängig gemacht werden kann.“

Kyōko erwiderte nichts.

„An diesem Abend wurde mir klar, dass ich zwei Mauern vor mir hatte Die eine war die Mauer, die die Menschen niedergerissen hatten. Und als sie fiel, hörte ich, wie die Welt mich von der anderen Seite rief. Die Berliner Mauer war eine richtige Mauer aus Stein. Als ich das im Fernsehen sah, wusste ich: Ich wollte zurück in mein altes Leben. Ich war in Aufbruchstimmung.“

„Die andere Mauer war eher abstrakt. Es war diese gespenstische Wand, die mir in meinem Alltag hier in Kyōto immer wieder begegnete. Ich hatte immer den Eindruck, dass Kyōto eine Stadt der Mauern ist. Mauern aus Erde. Zäune aus Bambus. Jalousien aus Bambus. Gitter. All diese Dinge, die ich einst schön gefunden hatte, waren plötzlich Symbole für die Mauern in den Herzen der Menschen.“

Kyōko seufzte.

„Ich kann verstehen, was du meinst. Ich habe selbst schon oft etwas Ähnliches empfunden.“

„Wie auch immer, das hat mich total erschöpft. Wenn ich hier lebe, habe ich das Gefühl, dass ich mich ständig nach etwas sehne…“

„Warte,“ unterbrach Kyōko. Ihre Stimme ertönte fest und klar in der Stille des Parks. „Hast du dich auch so gefühlt, als du mit mir zusammen warst?“

„Nein, mit dir ist das anders. Ich fühle mich immer wohl, wenn ich bei dir bin. Das tue ich auch jetzt. Aber ich muss gehen. Ich möchte einen Ort finden, an dem es *normal ist, anders zu sein*, an dem das *Anderssein die Regel ist*. Das Leben hier ist – wie soll ich sagen – einfach erstickend geworden.“

Kyōko drehte sich zu mir um.

„Das tut mir leid. Ich hätte merken müssen, dass du dir über solche Dinge den Kopf zerbrichst.“

„Nein, gar nicht! Das kannst du nicht wissen. Ich hab‘ es auch gerade eben erst bemerkt. Mach dir keine Gedanken darüber.“

Ihre Augen, die im kühlen Licht des Vollmonds leuchteten, waren flehend. Sie versuchten, etwas zu sagen. Hatte ich vergessen, dass diese Augen nicht sehen konnten? Nein, es war nicht so, dass ich es vergessen hatte. In diesem Augenblick *sah* Kyōko mich tatsächlich an. Ich wusste es ganz genau.

Kyōko weinte. Unbewusst streckte ich die Hand aus, um ihr die Tränen wegzuwischen, aber sie schob meine Hand sanft, aber bestimmt zurück.

„Es tut mir leid, ich wollte nicht weinen. Ich will dich nicht zurückhalten. Aber ich bin nicht stark genug, um mich nur zu verabschieden und dir alles Gute zu wünschen. Ich wollte mehr Zeit.“

Ich suchte in meinem Kopf nach etwas, das ich noch sagen konnte, aber da war nichts. Kyōko wischte sich die Tränen mit ihrer eigenen Hand ab und schenkte mir dann ein kleines Lächeln.

„Ich hätte noch einmal in die Karaoke-Bar gehen wollen. Ich hätte den *Miso-Champon* von dir probieren wollen. Ich hätte auch versuchen wollen, Pfeife zu rauchen.“

Ich schwieg.

„Sag mal,“ sagte Kyōko und legte ihre Hand auf meinen Arm. „Wirst du mir von Zeit zu Zeit einen Brief schreiben, egal wo auf der Welt du dich gerade aufhältst?“

Für eine Sekunde spürte ich, wie sich etwas Warmes in meiner Brust ausbreitete.

„Aber ich werde einen Kollegen bitten müssen, ihn für mich zu lesen, also schreib‘ nichts *zu* Anzügliches.“ Als sie das sagte, blitzte sie mich mit ihrem schelmischen Grinsen an.

Sie drückte meine Hand, und ich drückte ihre Hand zurück. Wir hielten uns schweigend an den Händen und saßen lange Zeit ganz still.

Es war, als würden wir unsere Batterien für das Leben, das vor uns lag, wieder aufladen.

Nach einer Weile stand sie auf.

Und zum ersten Mal sah ich, wie sie ihren weißen Stock aus der Tasche nahm. Als sie ihn in die Hand nahm, schnappte er mit einer Zick-Zack-Bewegung heraus. Er ähnelte wirklich einem *Nunchaku.*

Kyōko klopfte mit dem Stock auf den Boden und ging auf den Eingang des Parks zu. Als ich sie beobachtete, wusste ich ganz sicher, dass hinter diesen Toren eine helle und greifbare Zukunft auf sie wartete.

Ich schaute zum Vollmond hinauf. Die Tränen in meinen Augen machten es mir schwer, mir meine eigene Zukunft vorzustellen. Immer noch auf der Bank sitzend, starrte ich durch die Dunkelheit auf den stummen Mond, der sich weigerte, mir auch nur einen kleinen Hinweis zu geben. Dann fiel mir ein: Auf der anderen Seite des Planeten war es bereits Tag.

Andere Publikationen

Ōzaru Books ist ein kleiner Verlag mit Sitz im Dorf St Nicholas-at-Wade in Ost-Kent – dem Teil Großbritanniens, der Europa am nächsten liegt. Wir konzentrieren uns in erster Linie auf Bücher mit lokalem Bezug: kreativen Werken von Autoren/-innen aus Ost-Kent bis hin zu (gelegentlich nischenhaften) wissenschaftlichen Werken über die Geschichte Kents. Wir haben aber auch ein Fokus auf „den Osten" im Allgemeinen, sei es Ost-Kent, Ostpreußen, Ostafrika oder der Ferne Osten: Wir haben Kriegserinnerungen aus Ostpreußen herausgegeben, sowohl als Bücher über modernes Japan oder Übersetzungen aus dem Japanischen, und mit einem Teil unserer Gewinne unterstützen wir Wohltätigkeitsorganisationen für Berggorillas in Ostafrika, daher auch der Name Ōzaru („Großer Affe") und unser Logo.

Unser erstes Buch war *Reflections in an Oval Mirror: Memories of East Prussia, 1923–45* von Anneli Jones (geb. Anneliese Wiemer), und wir haben jetzt auch eine deutsche Übersetzung davon, „*Vor dem ovalen Spiegel – Kindheitserinnerungen an Ostpreußen*". Wir arbeiten schon seit einiger Zeit an der Fortsetzung *Carpe Diem*. Später veröffentlichten wir *Skating at the Edge of the Wood* von Annelis Schwester Marlene; hier gibt es auch jetzt eine deutsche Version, *„Schlittschuhlaufen am Waldrand"*.

Nachstehend finden Sie Beschreibungen dieser Bücher, und auch unserer englischsprachigen Bücher für diejenigen, die gerne in dieser Sprache lesen. Viele sind auch als eBooks erhältlich, die bei Bedarf auch einen schnellen Zugriff auf ein Wörterbuch ermöglichen. Alle unsere Publikationen sind in Buchhandlungen auf der ganzen Welt sowie bei Online-Händlern erhältlich. Sollten Sie Schwierigkeiten bei der Beschaffung haben, können Sie uns gerne direkt kontaktieren.

Schlittschuhlaufen am Waldrand
Erinnerungen an Ostpreußen, 1931–1945... 1993
Marlene Yeo (geb. Wiemer)
Übertragung aus dem Englischen von Irmi und Jürgen Oltmanns

In ihrem Buch beschreibt Marlene ihre unbeschwerte Kindheit als ostpreußische Bauerntochter, bis zu ihrer Flucht 1944 vor der Roten Armee im Alter von 13 Jahren. Ihre Cousine Jutta blieb hinter dem Eisernen Vorhang zurück, was die familiären Bande zerschnitt, die die beiden so eng verbunden hatten.

Nachdem sie in diametral entgegengesetzten Gesellschaften aufwuchsen und lebten, können Marlene und Jutta nach fast fünfzig Jahren, mit dem Aufkommen der Perestroika, endlich den Ort ihrer Kindheit wieder besuchen. Das letzte Kapitel des Buches erzählt von dem, was die beiden dort vorfinden.

Obwohl Marlene Wiemers Buch dieselbe Zeit und dieselben Umstände schildert wie *„Vor dem ovalen Spiegel"* und dessen Fortsetzung *„Carpe Diem"* – beides sind Berichte von Marlenes älterer Schwester Anneli – ist dieses Werk vollkommen anders. Dies ist auf den Altersunterschied der beiden Mädchen zurückzuführen, aber vor allem auch auf die Tatsache, dass sich die Charaktere der Schwestern sehr stark unterschieden.

ISBN 978-1-915174-01-7 / Auch auf Kindle erhältlich

Skating at the Edge of the Wood
Memories of East Prussia, 1931–1945...1993
Marlene Yeo

Buch auf englische Sprache
Erste (Englische) Originalaufgabe vom Buch oben
ISBN: 978-0-9931587-2-8
Auch auf Kindle erhältlich

Vor dem ovalen Spiegel
Kindheitserinnerungen an Ostpreußen 1923–1945
Anneli Jones (geb. Wiemer)

Übertragung aus dem Englischen von Christiane Oltmanns-Müller

Der 8. Mai 1945 war Anneliese Wiemers zweiundzwanzigster Geburtstag. Obwohl sie es damals nicht wusste, markierte er das Ende ihrer Flucht in den Westen und den Beginn eines neuen Lebens in England.

Diese illustrierten Memoiren, die auf einem während des Dritten Reiches geführten Tagebuch und viele Jahrzehnte später wiederentdeckten Briefen basieren, schildern die folgenschweren Veränderungen in Europa vor dem Hintergrund des bäuerlichen Alltags in Ostpreußen (heute die nordwestliche Ecke Russlands, eingebettet zwischen Litauen und Polen).

Die politischen Entwicklungen der 1930er Jahre (u.a. Hitlerjugend, „Kristallnacht", politische Erziehung, Arbeitsdienst, Kriegsdienst, Verhöre) sind umso ergreifender, als sie aus der Sicht eines romantischen jungen Mädchens erzählt werden. In leichteren Momenten beschreibt sie auch das Studentenleben in Wien und Prag und ihre Freundschaft mit belgischen und sowjetischen Kriegsgefangenen. Schließlich zwingt sie das Herannahen der Roten Armee zur Flucht und trifft auf dem Weg dorthin auf einen Querschnitt der Gesellschaft, von der um ihr Familiensilber besorgten Gutsherrin bis zu einigen KZ-Häftlingen.

ISBN: 978-1-915174-00-0 / Auch auf Kindle erhältlich

Reflections in an Oval Mirror
Memories of East Prussia, 1923–45
Anneli Jones

Buch auf englische Sprache

Erste (Englische) Originalaufgabe vom Buch oben.

ISBN: 978-0-9559219-0-2

Auch auf Kindle erhältlich

Carpe Diem
Aufbruch aus Ostpreußen
Anneli Jones

Diese Fortsetzung von *Reflections in an Oval Mirror* beschreibt Annelis Nachkriegsleben. Die Szene wechselt vom Leben im nördlichen „Westdeutschland" als Flüchtling, Reporterin und Militärdolmetscherin zu Partys mit den russischen Behörden in Berlin, Bootsfahrten im Lake District mit den ursprünglichen „Swallows and Amazons", Wochenenden mit den Astors in Cliveden, dann die Anfänge einer neuen Familie in dem kleinen kentischen Dorf St. Nicholas-at-Wade. Schließlich, nach dem Fall des Eisernen Vorhangs, kann Anneli ihre erste Heimat noch einmal besuchen.

ISBN: 978-0-9931587-3-5 Buch auf englische Sprache

Noch in Vorbereitung

Ichigensan – The Newcomer
David Zoppetti
Übersetzt aus dem Japanischen ins Englische von Takuma Sminkey

Ichigensan ist ein Roman, der auf vielen Ebenen genossen werden kann – als zarte, sinnliche Liebesgeschichte, als Darstellung der feinen Gesellschaft in Japans Kulturhauptstadt Kyoto und als Erkundung der Themen Entfremdung und Vorurteile, die vielen Milieus gemeinsam sind, unabhängig von den Grenzen von Zeit und Ort.

Ungewöhnlich ist, dass sie Japan sowohl aus der Sicht eines Außenseiters als auch eines „internen" Ausgestoßenen zeigt, und noch ungewöhnlicher ist, dass sie dies ursprünglich durch sinnliche Prosa erreichte, die von einem Nicht-Muttersprachler des Japanischen sorgfältig ausgearbeitet wurde. Die Tatsache, dass diese Bestseller-Novelle dann den Subaru-Preis, einen der wichtigsten Literaturpreise Japans, gewann und auch für den Akutagawa-Preis nominiert wurde, zeugt von ihrer einzigartigen erzählerischen Kraft.

Die Geschichte ist jedoch keineswegs an Japan gekettet, und diese Übersetzung von Takuma Sminkey wird es Lesern weltweit ermöglichen, die Vielzahl von Empfindungen zu genießen, die das Leben und die Liebe in einer fremden Kultur hervorrufen.

Buch auf englische Sprache

ISBN: 978-0-9559219-4-0 / Auch auf Kindle erhältlich

Sunflowers – Le Soleil

Shimako Murai

Ein Theaterstück in einem Akt

Übersetzt aus dem Japanischen ins Englische von Ben Jones

Hiroshima ist ein Synonym für den ersten feindlichen Einsatz einer Atombombe. Viele Menschen denken bei diesem Ereignis an ein schreckliches Ereignis in der Vergangenheit, das aus Geschichtsbüchern studiert wird.

Shimako Murai und andere „Frauen von Hiroshima" sehen das anders: Für sie hatte die Bombe Nachwirkungen, die zahllose Menschen jahrzehntelang beeinträchtigten, Auswirkungen, die umso bedrohlicher waren, als sie nicht vorhersehbar waren – und oft auch unsichtbar.

Dies ist die Geschichte zweier solcher Menschen: Oberflächlich betrachtet erfolgreiche, moderne Frauen, doch jede trägt darunter verborgene Narben, die so schrecklich sind wie die Keloide, die die Hibakusha in den Tagen nach der Bombe entstellten.

Buch auf englische Sprache

ISBN: 978-0-9559219-3-3 / Auch auf Kindle und Google Books erhältlich

The Body as a Vessel

Approaching the Methodology of Hijikata Tatsumi's Ankoku Butō

MIKAMI Kayo

Eine Analyse der modernen Tanzform

Übersetzt aus dem Japanischen ins Englische von Rosa van Hensbergen

Als 1959 Hijikata Tatsumis „Butō" erschien, revolutionierte es nicht nur den japanischen Tanz, sondern auch den Begriff der Performancekunst weltweit. Es hat sich jedoch als notorisch schwierig erwiesen, es zu definieren oder festzulegen. Mikami war drei Jahre lang Schülerin von Hijikata. In diesem Buch, das teilweise auf ihren Diplom- und Doktorarbeiten basiert, kombiniert sie Erkenntnisse aus diesen Jahren mit früheren Aufzeichnungen anderer Tänzer, um die Ideen und Prozesse hinter dem Butō zu entschlüsseln.

ISBN: 978-0-9931587-4-2 Buch auf englische Sprache

Courtly Feasts to Kremlin Banquets

A History of Celebration and Hospitality: Echoes of Russia's cuisine

Oksana Zakharova und Sergey Pushkaryov

Übersetzt aus dem Russischen ins Englische & angepasst von Marina George

Dies ist ein Buch nicht nur für Liebhaber des Essens, sondern auch für diejenigen, die Appetit auf Abenteuer und den Durst nach der Entdeckung aufregender gastronomischer Genüsse haben.

Die russische Geschichte bietet uns ein reichhaltiges Bild extravaganter Zeremonien, die nicht nur durch die großartige Pracht einzelner höfischer Feste gekennzeichnet sind, sondern auch durch aufeinanderfolgende Generationen von Adligen, die miteinander wetteifern, um die von ihren Vorgängern geschaffene Pracht zu übertreffen. Die russische Gastfreundschaft war schon immer von einer besonderen Vitalität und einem Sinn für warmherzige Geselligkeit geprägt. Im alten Russland gab es auch eine wichtige Verbindung zwischen der Gastfreundschaft und den Lehren der orthodoxen Kirche.

Die politische und soziale Geschichte Russlands hat einige sehr gewaltsame Veränderungen erlebt. Je schockierender die politischen Ereignisse eines Landes sind, desto brutaler können die kulturellen Veränderungen ausfallen. Manchmal sind die Unterschiede zwischen der Vergangenheit und der Gegenwart so extrem, dass man mit völlig unterschiedlichen Welten konfrontiert wird. Trotz drastischer und oft herzzerreißender Umwälzungen haben wir sicherlich die Pflicht, uns an die fernen Wurzeln zu erinnern, aus denen sich die Gegenwart speist.

„Die moderne Gesellschaft verachtet und verhöhnt die frühere Lebensweise und unterbricht absichtlich jede Verbindung mit der Vergangenheit, die man damals für so wertvoll hielt". Diese Worte des Schriftstellers, Historikers und Theaterkritikers Jewgeni Opotschinin wurden 1909 vor dem vollen Schrecken des revolutionären Umbruchs veröffentlicht. Die Relevanz solcher Bemerkungen ist sicherlich heute noch genauso gültig wie damals.

Im Laufe der Geschichte waren besondere Ereignisse ein wichtiges Mittel, um Traditionen von einer Generation zur anderen weiterzugeben, und symbolische Bedeutungen lassen sich immer noch finden, wenn man die Geschichten aus der Vergangenheit kennt. Man muss nur wissen, wo man suchen muss.

Es ist also an der Zeit, auf vergangene Bräuche und Traditionen anzustoßen und die große, warmherzige Großzügigkeit des russischen Volkes zu feiern!

ISBN 978-0-9931587-8-0 Buch auf englische Sprache

Discordant Comicals
- The Hooden Horse of East Kent -
George Frampton

Das "Hoodening" ist ein uralter, nur in Ost-Kent vorkommender Kalenderbrauchtum, bei dem ein hölzerner Pferdekopf auf einer Stange von einem Mann getragen wird, der durch einen Sack verdeckt ist. Die früheste verlässliche Aufzeichnung stammt aus dem Jahr 1735, aber abgesehen von Percy Maylams bahnbrechendem Werk *The Hooden Horse*, das 1909 veröffentlicht wurde, gibt es kaum ernsthafte Forschungen zu dieser Tradition.

George Frampton hat dies korrigiert, indem er Dutzende von Zeitungsberichten, Volkszählungsaufzeichnungen und anderen Berichten miteinander verglich, um sich ein umfassendes Bild davon zu machen, wer die Hoodeners waren, warum (und wo) sie es taten und wie es mit anderen Volkstraditionen zusammenhing.

Er geht dann über Maylam hinaus, um das „Ende" des Hoodening um 1921 und seine weithin angekündigte „Wiederbelebung" im Jahr 1966 zu untersuchen, und stellt fest, dass diese Darstellung in Wirklichkeit ziemlich irreführend ist, da mehrere Hooden Horses während dieser Zeit noch aktiv waren. Er fügt Beschreibungen der aktuellen Gespanne hinzu und liefert zahlreiche Anhänge mit Einzelheiten zu früheren Teilnehmern, besuchten Orten, gespielten Liedern, Ereignissen auf der Zeitachse des Hoodening und den Pferden selbst.

Vollständige Indizes machen es modernen "Men and Maids of Kent" leicht, zu überprüfen, ob ihre Vorfahren daran beteiligt gewesen sein könnten, und detaillierte Verweise machen dieses Buch auch für Sozialhistoriker zu einer unschätzbaren Quelle.

Das Buch enthält über 70 Farbabbildungen.

ISBN: 978-0-9559219-7-3 Buch auf englische Sprache

Turner's Margate Through Contemporary Eyes
– The Viney Letters –
Stephen Channing

Margate war im frühen 19. Jahrhundert eine aufregende Stadt, in der Schmuggler und „Präventivleute" darum kämpften, sich gegenseitig zu überlisten, während Künstler wie JMW Turner kamen, um die herrlichen Sonnenuntergänge über dem Meer zu malen. Einer der jungen Männer, die in dieser Umgebung aufwuchsen, beschloss, nach Australien aufzubrechen, um im Goldrausch von Bendigo sein Glück zu machen.

Ein halbes Jahrhundert später, nachdem er zu einer Säule der Gemeinde geworden war, begann er, eine Reihe von Briefen und Artikel für *Keble's Gazette* zu schreiben, eine Publikation mit Sitz in seiner Heimatstadt. Darin beschrieb er Margate mit großer Vertrautheit (und ungeheurem Erinnerungsvermögen), während er gleichzeitig seine englischen Leser in die „latitudinäre Demokratie" eines neuen, „jungen Britanniens" einführte.

Vineys Interessen deckten eine riesige Bandbreite an Themen ab, von Thanet-Volksbräuchen wie dem Hoodening über Hetzreden zu die Gefahren, Hunden Intelligenz zuzuschreiben, bis hin zu geologischen Theorien einschließlich Vorschlägen für die Beseitigung von Sandbänken vor der englischen Küste „im Gehorsam gegenüber dem souveränen Willen und der Intelligenz des Menschen".

Sein Schreiben ist eindeutig das eines gebildeten Mannes, wenn auch mit gewissen viktorianischen Vorurteilen über die Kolonien, die diejenigen mit modernen Sensibilitäten vielleicht ein wenig zusammenzucken lassen. Doch vor allem ist es interessant, weil es ein Licht auf das Leben in einer britischen Küstenstadt vor rund 180 Jahren wirft.

Dieses Buch enthält auch zahlreiche zeitgenössische Abbildungen.

ISBN: 978-0-9559219-2-6 Buch auf englische Sprache

The Margate Tales
Stephen Channing

Chaucers *Canterbury Tales* ist zweifellos eine der besten Möglichkeiten, um ein Gefühl dafür zu bekommen, wie die Menschen im England des Mittelalters waren. In der modernen Welt könnte man stattdessen versuchen, aus dem Fernsehen oder dem Internet zu lernen, wie sich andere Menschen verhalten und denken.

Um jedoch ein Gefühl dafür zu bekommen, wie es war, in Margate zu leben, als es sich allmählich von einem kleinen Fischerdorf in einen der beliebtesten Ferienorte Großbritanniens verwandelte, muss man zeitgenössische Quellen wie Zeitungsberichte und Tagebücher untersuchen.

Stephen Channing hat uns diese Arbeit erspart, indem er Tausende solcher Dokumente durchforstet hat, um die aufschlussreichsten und unterhaltsamsten Berichte über Thanet im 18. und frühen bis mittleren 19. Jahrhunderts auszuwählen.

Mit einem Inhalt, der von wütenden Schlachten in den Briefseiten bis hin zu urkomischen Pastiches, witzigen Gedichten und erstaunlichen Tatsachenberichten reicht und mit über 70 Zeichnungen aus der Zeit illustriert ist, erweckt *The Margate Tales* die Gesellschaft jener Zeit zum Leben und zeigt, wie bei Chaucer, dass sich in vielen Bereichen erstaunlich wenig geändert hat.

ISBN: 978-0-9559219-5-7 Buch auf englische Sprache

A Victorian Cyclist
– Rambling through Kent in 1886 –
Stephen & Shirley Channing

Heutzutage sind Fahrräder so sehr Teil des Alltags, dass es erstaunlich sein kann, zu erkennen, dass für die späten Viktorianer diese "Velocipedes" eine Neuheit waren, die als ungesund und unsicher verunglimpft wurde – und dass in der Tat Dreiräder eine Zeit lang als das erfolgversprechendere Format angesehen wurden.

Einige Leute jedoch nahmen die neumodischen Geräte mit Begeisterung an und begaben sich auf abenteuerliche Touren durch die Landschaft. Einer von ihnen dokumentierte seine „Streifzüge" durch Ost-Kent so detailliert, dass es noch heute möglich ist, seinen Routen auf modernen Fahrrädern zu folgen und die Fauna und Flora (und die Pubs!) mit denen zu vergleichen, die er anschaulich beschrieb.

Dieses faszinierende Buch bietet nicht nur den heutigen Radfahrern neue historische Routen, die es zu erkunden gilt, und sowohl Naturforschern als auch Sozialhistorikern reichlich Material für ihre Forschungen, sondern enthält auch ein spezielles Kapitel über Radfahrerinnen in der Ära vor der Emanzipation der Frau und einen unfreiwillig humorvollen Abschnitt, in dem jungen Herren gezeigt wird, wie sie ihr Fahrrad bauen und dann damit fahren.

A Victorian Cyclist enthält über 200 Abbildungen und wird durch eine vollständig aktualisierte Website ergänzt.

ISBN: 978-0-9559219-7-1 Buch auf englische Sprache
Auch auf Kindle erhältlich

Bicycle Beginnings
The Advent of the Bicycle or Velocipede... and what people of the 19th century were really saying about it
Stephen Channing

Radfahren ist heute für Millionen von Menschen rund um den Globus eine so selbstverständliche Aktivität, dass es schwer vorstellbar ist, dass es vor etwas mehr als einem Jahrhundert von vielen als verwerflich, abstoßend oder gar revolutionär angesehen wurde. Der beste Weg, ein Gefühl dafür zu bekommen, was die frühen „Velozipedisten“ erlebten, ist, die Worte der Zeit zu lesen, und dieses Buch versammelt in einem Band die aufschlussreichsten, unterhaltsamsten und außergewöhnlichsten Erkenntnisse aus zeitgenössischen Quellen.

Dieses Mammutwerk (über 190.000 Wörter, das den Zeitraum von 1779 bis 1912 abdeckt) enthält Rennberichte, rechtliche Entwicklungen, technische Innovationen und Erfindungen, Rekorde, Werbung, Akrobatik, Kleidung, Gedichte, Argumente für und gegen die neumodischen Fahrzeuge, Abhandlungen über Radfahrerinnen und einen langen Reisebericht *Mit dem Fahrrad von Berlin nach Budapest*, der die Aufregung eines vergessenen Zeitalters des Abenteuers auf zwei Rädern krönt.

Doch nicht alle Erfindungen waren zweirädrig. Das Buch zeigt auch die zahlreichen Varianten, die entstanden, bevor sich die Hersteller auf die heute üblichen Formen einigten: Dreiräder, Eisfahrräder, Steckenpferde mit Wasserpaddel... Sie werden mit Hilfe zahlreicher Illustrationen erläutert, die von Cartoons über technische Zeichnungen bis hin zu Fotos reichen. Auch die Rennberichte zeigen eine weitaus größere Vielfalt, als wir es gewohnt sind: „normale“ (Hochräder) versus „Sicherheitsfahrräder“ versus Tandems, Einräder, Zwergräder, Dreiräder, Doppeldreiräder, vierrädrige Velozipede, Pferde, Eisläufer, Dampfschiffe...

Es handelt sich nicht um eine einzige Erzählung, die man in einem Rutsch durchlesen kann, sondern um eine Anthologie faszinierender Einblicke in das „goldene Zeitalter“ des Radsports, die dem Leser ein neues Verständnis für eine vergangene Epoche der Erfahrung und des Vergnügens vermittelt, wann immer er in sie eintaucht.

ISBN: 978-1-5210-8632-2 Buch auf englische Sprache
Auch auf Kindle erhältlich

The Call of Cairnmor
Book One of the Cairnmor Trilogy
Sally Aviss

Die schottische Insel Cairnmor ist ein Ort von großer Schönheit und unberührter Wildnis, ein Zufluchtsort für wilde Tiere, ein Land mit weißen Sandstränden und fruchtbaren Ebenen im Landesinneren, ein Land, in dem atemberaubende Berge steil ins Meer abfallen.

Auf diese abgelegene Insel kommt ein Fremder, Alexander Stewart, der das mysteriöse Verschwinden zweier Menschen und ihres ungeborenen Kindes aufklären will. Er nimmt die Hilfe der örtlichen Lehrerin Katherine MacDonald in Anspruch, und gemeinsam suchen sie nach Antworten auf dieses Rätsel: eine zutiefst persönliche Reise, die sie von Cairnmor in die historische Pracht Londons und das industrielle Herz Glasgows führt.

The Call of Cairnmor spielt in den Jahren 1936 bis 1937 und ist voller Farben und Details aus dieser Zeit. Es geht um unerwartete Entdeckungen und tiefe Verbundenheit, die von einem sanften Anfang an allmählich an Schwung und Komplexität gewinnt, bis sich alle Stränge zu lebensverändernden Enthüllungen zusammenfügen.

Buch auf englische Sprache

ISBN: 978-0-9559219-9-5 / Auch auf Kindle erhältlich

Changing Tides, Changing Times
Book Two of the Cairnmor Trilogy
Sally Aviss

Im dichten Dschungel von Malaya im Jahr 1942 stößt die Ärztin Rachel Curtis auf einen mysteriösen, nicht identifizierbaren Fremden, der schwer verletzt und dem Tod nahe ist.

Vier Jahre zuvor, 1938 in London, geraten Katherine Stewart und ihr Mann Alex mit ihren unterschiedlichen Bedürfnissen in Konflikt, während Alex' Vater Alastair weiß, dass er seine tiefen Gefühle vor der Frau, die er liebt, verbergen muss; einer Frau, der er niemals das ganze Ausmaß dieser Liebe offenbaren darf.

Changing Times, Changing Tides ist ein breit gefächertes und sorgfältig recherchiertes Buch, das die Reise bekannter Figuren aus The Call of Cairnmor fortsetzt und neue Persönlichkeiten einführt. Es ist eine einzigartige Kombination aus Roman und Geschichte, die eine Geschichte von Liebe, Verlust, Freundschaft und Heldentum erzählt und den Leser in das Leben der Figuren einbezieht, das durch die Ereignisse vor, während und nach dem Zweiten Weltkrieg geprägt und verändert wird.

Buch auf englische Sprache

ISBN: 978-0-9931587-0-4 / Auch auf Kindle erhältlich

Where Gloom and Brightness Meet
Book Three of the Cairnmor Trilogy
Sally Aviss

Als Anna Stewart eine Beziehung mit dem Journalisten Marcus Kendrick beginnt, sind die Auswirkungen von New York bis über den Atlantik auf die abgelegene und wunderschöne schottische Insel Cairnmor zu spüren, wo ihre Familie lebt. Doch selbst als sie und Marcus sich näherkommen, kann Anna ihren entfremdeten Ehemann nicht vergessen, den sie seit vielen Jahren nicht mehr gesehen hat.

Wenn eine Tragödie zuschlägt, wird Cairnmor für die einen zu einem Zufluchtsort, zu einem Ort des Trostes, um den geplagten Geist zu beruhigen und der schmerzhaften Realität zu entfliehen; für die anderen wird es zu einem Ort des Unternehmungsgeistes und des Abenteuers – ein Ort, an dem man von einer ungehinderten Zukunft träumen kann.

Dieses dritte Buch der Cairnmor-Trilogie führt die Handlung in die späten sechziger Jahre und lässt das Leben vertrauter Charaktere aus den dazwischen liegenden Jahren wieder aufleben. *Where Gloom and Brightness Meet* ist eine Geschichte von Herzschmerz und erlösender Liebe; von längst verstorbener Leidenschaft, die in der Isolation wiedererinnert und bewahrt wird; von unbeugsamer Loyalität und unerschütterlicher Hingabe. Es ist eine Geschichte, die das Alte und das Neue nebeneinanderstellt; eine Geschichte, die die widersprüchlichen Haltungen, Probleme und Freuden einer befreienden Ära widerspiegelt.

ISBN: 978-0-9931587-1-1 Buch auf englische Sprache
Auch auf Kindle erhältlich

Message from Captivity
Sally Aviss

Als die Diplomatentochter Sophie Langley auf die Kanalinsel St. Nicolas geschickt wird, um sich um ihre beiden alten Tanten zu kümmern, findet sie sich nach der deutschen Invasion in einer wenig beneidenswerten Lage wieder.

In der Schlacht um Frankreich gerät der Linguist und Dichter Robert Anderson, Leutnant der Royal Welch Fusiliers, in eine unmögliche militärische Situation, aus der es keinen Ausweg zu geben scheint.

Von den wunderschönen Kanalinseln bis ins Herz des von den Nazis besetzten Europas verwebt *Message from Captivity* faktische Authentizität mit einer Geschichte, in der die Irrungen und Wirrungen der Gefangenschaft, der Freiheit und der gefährlichen Verfolgung unvorhersehbare Folgen haben; in der Roberts Integrität bis an die Grenzen getestet wird und in der Sophie all ihre innere Stärke braucht, um die Entscheidungen und Herausforderungen zu meistern, denen sie sich stellen muss.

ISBN: 978-0-9931587-5-9 Buch auf englische Sprache
Auch auf Kindle erhältlich

The Girl in Jack's Portrait
Sally Aviss

Als die erfolglose Anwältin Callie Martin bei einem Festakt in der Nähe der Horse Guards Parade dem Soldaten Jamie Rutherford begegnet, verändert sich ihr Leben für immer. Als Edie Paigntons Ex-Mann ihr den Unterhalt vorenthält, bietet sie ihr liebevoll restauriertes viktorianisches Haus zum Verkauf an, und ein zufälliges Treffen mit dem Architekten Ben Rutherford, Jamies Vater, verändert ihr Leben. Als der erfolgreiche Geschäftsmann Erik van der Waals einen unbekannten Namen und eine Telefonnummer auf einem Zettel entdeckt, beschließt er, den Eigentümer zu treffen. Und als die Krankenschwester Sarah Adhabi sich auf eine gefährliche neue Beziehung einlässt, entdeckt sie, dass sie dem neuen Mann in ihrem Leben mehr als ebenbürtig ist.

Sechs Menschen, die ihrer Vergangenheit entfliehen wollen; sechs Menschen, die in der Gegenwart Erlösung suchen; sechs Menschen, deren Leben miteinander verwoben sind und deren Geheimnisse wieder ans Licht kommen.

Aber wer ist das Mädchen in Jacks Porträt?

ISBN: 978-0-9931587-6-6 Buch auf englische Sprache
Auch auf Kindle erhältlich

Misadventures at Margate
A Legend of Jarvis's Jetty
Thomas Ingoldsby, illustriert von Ernest M Jessop

mit Anmerkungen von Ben Jones

Richard Harris Barham (1788-1845) wurde in East Kent geboren, machte eine Ausbildung zum Anwalt und wurde dann Landpfarrer. Unter dem Pseudonym „Thomas Ingoldsby“ verfasste er regelmäßig humoristische Gedichte für satirische Zeitschriften, und sein bekanntestes Werk war *The Ingoldsby Legends*, zu dem auch die vorliegende Geschichte gehört.

Viele Ausgaben wurden mit Illustrationen von berühmten Künstlern wie Cruikshank, Tenniel und Rackham versehen, aber die hier gezeigten, von Ernest Maurice Jessop (1851-1909) geschaffenen Illustrationen schienen besonders humorvoll und einer Wiederauferstehung in einer Faksimile-Ausgabe würdig.

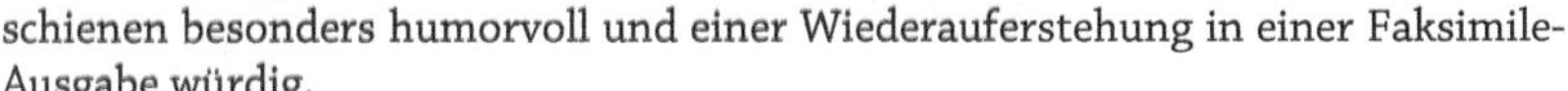

Die Geschichte erzählt eine heitere Fabel, in der freundliche DFLs (Besucher 'down from London') vor den Gefahren der örtlichen „vulgären Jungs“ in Margate gewarnt werden. Sowohl der Text als auch die Bilder geben die Menschen, die Trachten, den Dialekt und die Szenen im Thanet des frühen 19. Es stammt aus der gleichen Zeit wie die Viney-Briefe (in *Turner's Margate through Contemporary Eyes*) und die verschiedenen Ereignisse, die in *The Margate Tales* (beide erhältlich bei Ozaru Books) beschrieben werden, so dass man sich fragen muss, ob Viney oder sogar JMW Turner selbst – der ein enger Zeitgenosse von Barham war – ähnliche Begegnungen gehabt hätten.

Diese Ausgabe enthält auch den vollständigen Text mit Anmerkungen zur Klärung unbekannter Wörter und sonstiger obskurer Verweise.

ISBN 978-0-9931587-9-7 Buch auf englische Sprache

Watch and Ward
A History of Margate Borough Police 1858 to 1943
Nigel Cruttenden

Eine umfassende Geschichte der Margate Borough Police von ihren Anfängen im Jahr 1858 bis zu ihrem Zusammenschluss mit der Kent County Constabulary im Jahr 1943. Sie umfasst die Ursprünge der modernen Polizei und beschreibt den Einfluss von Gemeinderäten, Richtern, Anwälten und Freimaurern sowie der Zentralregierung und von Weltereignissen wie dem Burenkrieg und den beiden folgenden Weltkriegen.

Neben dem neuen Wohlstand hatte der aufstrebende viktorianische Badeort auch eine Schattenseite, die von den Jungs in Blau überwacht wurde. Die Einwohner und Besucher des Bezirks hatten mit ähnlichen Problemen zu kämpfen wie heute, von lästigen Hunden und zu schnell fahrenden Autos bis hin zu psychischer Gesundheit, Alkoholmissbrauch, häuslicher Gewalt und Übergriffen – und sogar gelegentlichem Mord. Dieses Buch dient daher auch als Sozialgeschichte von Ost-Kent und bietet Lokal-, Sozial- und Polizeihistorikern reichlich Material für ihre Forschungen. Wann immer sich in Margate ein Vorfall ereignete, lauerte ein Polizist in der Nähe: ein Polizist, in der Tat, da es bis nach der Zusammenlegung keine weiblichen Polizeibeamten mit entsprechender Berechtigung gab. Frauen spielten jedoch auch bei der Polizei von Margate eine wichtige Rolle, wie das Buch zeigt.

Es ist auch ein unschätzbares Nachschlagewerk für Ahnenforscher und andere Liebhaber, die in und um Thanet nach der Familiengeschichte forschen. Familienstammbäume sind zwar schön und gut, aber sie bringen kein Fleisch auf die Knochen, und auch die Internetrecherche ist recht begrenzt. Vollständige Indizes machen es modernen Margatonianern und Thanetianern leicht zu überprüfen, ob ihre Vorfahren möglicherweise mit der Polizei „zu tun hatten" – auf welcher Seite auch immer!

ISBN 978-1-915174-03-1 Buch auf englische Sprache

Curling Wisps & Whispers of History
Vol. 1: Thanet to Tasmania
LucyAnn Curling

Wenn es in der Familiengeschichte darum geht, so viele Vorfahren wie möglich zu sammeln, dann versagt dieses Buch kläglich: Es konzentriert sich auf nur drei Generationen väterlicherseits des Autors, zwischen 1780 und 1826. Zunächst rührt sich nichts im stillen Wasser der jahrhundertealten bäuerlichen Tradition von East Kent. Die Männer kümmern sich um die Gemeindeangelegenheiten, die Frauen gehen ihrer häuslichen Routine nach, die Jungen besuchen ein Internat in Ramsgate, und nur die Großmutter scheint an Geselligkeit oder Reisen interessiert zu sein. Warum hat Thomas Oakley Curling dann alles entwurzelt und sich mit seiner Familie auf eine fünfmonatige Marathonreise nach Van-Diemens-Land begeben? Warum ließ er ein Kind zurück? Und was hat Sir Charles James Napier damit zu tun?

Die genealogische Suche beginnt natürlich mit einem Familienerbstück, aber schon bald tauchen tangentiale Fragen auf, die verfolgt werden wollen, während mehrere Fäden zusammengeführt und zu einer Geschichte verwoben werden. Vorfahren aus der Zeit des Georgianischen und des Regency-Regimes klingen manchmal weit weg von unserer Realität, aber die Briefe der einzelnen Personen ziehen uns in ihre Welt hinein, und zahlreiche Illustrationen untermalen den Text, indem sie die Umgebung, in der sie lebten, beleben. Für Suchende gibt es außerdem zahlreiche Indizes, Verweise und Listen von Archiven.

ISBN 978-1-915174-02-4 Buch auf englische Sprache

www.ingramcontent.com/pod-product-compliance
Lightning Source LLC
Chambersburg PA
CBHW030611310726
48979CB00003B/660
* 9 7 8 1 9 1 5 1 7 4 0 5 5 *